中公文庫

ミッション

新堂冬樹

中央公論新社

ミッション

1

「いらっしゃい……ませ」

二十代そこそこの髪を茶色に染めた女性店員が、派手に化粧が施された顔に浮かべかけた笑顔をさっと消し、微かに眉をひそめた。

初めてのことではない。三沢《みさわ》は、目当てのショーケース——二十坪ほどのフロア中央のU字形になったガラスケースに向かって脇目も振らずに歩み寄った。

頼む、頼むから、残っててくれ……三沢は念じながら、ショーケースの中を貪《むさぼ》るようにみつめた。

パヴェダイヤが蝶を象《かたど》ったプラチナリング、ハート形のルビーのペンダント、三日月形のイヤリング。

あった……。

最愛の恋人に出会ったときのように、胸がときめいた。ほっと、胸を撫で下ろした。そんな自分に、うんざりした顔を向ける女性店員。

女性店員を気にしている暇はない。一時間で、決断しなければならないのだ。

何度みても、指輪もいいし、ペンダントもいいし、イヤリングもいい。

どれもこれもかわいらしく、まどかのイメージにぴったりだった。

できるならまとめて買ってやりたかったが、残念なことに、自分の懐《ふところ》具合はそれほど裕福ではなかった。

今日、十一月一日はまどかの二十五回目の誕生日——つき合い出してから、初めて迎える誕生日。

彼女とは、三ヵ月前に、結婚相談所の伊豆クルーザーパーティーで出会ったのだった。

ここ銀座中央通り沿いのジュエリーショップは、二週間ほど前、取引先を回った帰りになにげなく立ち寄った店で、かわいらしくセンスのよいデザインの割りには値段が手頃で眼をつけていた。

とくに三沢が狙っているのは、蝶の指輪、ハート形のペンダント、三日月形のイヤリングの三点だった。

給料日は昨日。それまでの間、売れてしまわないかが心配で、一日置きに店に足を運んだ。

最初の二、三回目まではとびきりの笑顔で迎えてくれていた女性店員も、四、五回目あたりから無愛想になり、それ以降は露骨にいやな顔をするようになった。

まどかとそう変わらない歳なのに、性格は正反対だった。

岬《みさき》まどか――自分の婚約者。

まどかは、現代の日本では死語となりつつある「おくゆかしさ」を持っており、常に相手の気持ちを思いやる心優しき女性だ。

性格だけでなく、店員とは容姿も段違いだ。

吊り上がった目尻と尖った鼻に意地の悪さが表れている女性店員に比べ、まどかは、垂れ気味の大きな眼が愛くるしく、まるでフランス人形のようだった。

ただのフランス人形ではなく、高級な、と形容詞がつくのを忘れちゃいけない。

なにより、まどかは女性店員のように下品で蓮葉《はすつぱ》ではなかった。

ふたりを花にたとえるならば、女性店員は派手派手しく咲き乱れるハイビスカスで、まどかはしとやかながらも凜《りん》とした白百合といったところか。

「あ、これかわいい〜」

若い女性の嬌声《きょうせい》。三沢は、首を横に巡らせた。

嬌声の主――白いフェイクファーのハーフコートに赤いスエードのミニを穿《は》いた、二十歳になるかならないかといった女が頰を上気させ、ガラスケースを指差していた。

「この指輪は当店の人気商品で、もう一点しか残ってないんですよ」

女性店員が満面に人の好《よ》さそうな笑みを浮かべ、ガラスケースから指輪を取り出した。

女性店員が取り出したのは、三沢が二週間前から眼をつけていた三点のうちの一点……

蝶をモチーフとしたプラチナリングだった。

パヴェダイヤとプラチナを使用し、しかもデザインもかわいい指輪。

本来なら十九万八千円の品が、セールでなんと八万八千円。

背筋を這い上がる焦燥感――この機を、逃すわけにはいかない。

「ねえ、買ってぇ」

プードルさながらの甘えた鼻声が、鼓膜を不快に震わせる。

女が、嫌みなほどの褐色の肌を持つ髪を茶に染めた男――恐らく彼氏だろうニヤけた優《やさ》男《おとこ》の腕にぶらさがり、幼子のようにおねだりしていた。

「え〜、俺、いま金欠なんだよな」

男が、バツが悪そうな顔で言った。

そうだそうだ。セール価格とはいえ、プラチナの指輪など、お前らのような若僧にはまだはやい。

第一、こんな青臭いガキが嵌《は》めても似合いはしない。

三沢は、心で毒づきながらカップルの隣に擦《す》り寄った。

この指輪を、渡すわけにはいかない。

「いいじゃん、英二《えいじ》ぃ。お給料、貰ったばかりでしょ？　八万八千円なんて、ただみたいなもんだよ。ねえ、お願いぃ。買って買って買ってぇ」

八万八千円がただみたいなもん？　なんという金銭感覚だ。

鼻を鳴らし続けるプードル女の横顔を、三沢は睨《にら》みつけた。

「彼女のおっしゃるとおりですよ。このリングがこのプライスで出ることなんて、もう二度とありませんよ。お客様達がお買い上げになったら、悔しがる方がいらっしゃると思いますよ」

言って、女性店員がちらりと三沢に視線を投げた。

勝ち誇った眼差《まなざ》し――胃壁が、チリチリと燃えた。

「その指輪、僕が買います」

思わず、三沢は口に出してしまった。

プードル女が、弾かれたように自分をみた。

まだあどけなさの残る顔は強張《こわば》り、アイラインに囲まれた瞼《まぶた》の奥の瞳は敵意に満ちていた。

「ちょっと、おじさん。割り込みしないでよっ。この指輪、私が先に買うって言ったんだから！」

ついさっきまでのカマトトぶりはどこかに消え失せ、猛然とプードル女が食ってかかってきた。

これでは愛玩犬《あいがんけん》ではなく、さながらドーベルマンかブルドッグといったところだ。

あまりの剣幕に、三沢は気圧《けお》された。が、ここで退《ひ》くわけにはいかない。

七時に、赤坂のフレンチレストランでまどかと待ち合わせをしている。

いまは、六時十五分。どんなに急いでも、待ち合わせのレストランまで三十分はかかる。

差し引き十五分。十五分で、指輪を買ってラッピングをしてもらわなければならない。

包装紙の色は、まどかの好きなピンク。リボンは、やはりまどかの好きな白。

ピンクは彼女の愛らしいイメージに、白は清楚なイメージにぴったりだった。

「私はね、二週間前からこの指輪に眼をつけていたんだよ。割り込みは、君のほうじゃないか？」

勇気を振り絞り、三沢は言った。プードル女の背後に佇《たたず》む彼氏の存在が気になった。

男は、痩《や》せてはいるが百七十センチの自分よりも頭ひとつぶんは背が高かった。

ただ痩せているだけではなく、洋服越しだが筋肉質だろうことも窺える。

それに、右側の口角から顎《あご》にかけて走る白いミミズ腫《ば》れのような傷……危惧《きぐ》と懸念が、我勝ちにと膨張した。

あのミミズ腫れは、刃傷だろうか？　いまは優男然としているが、もしかしたら、男はチーマー上がりのワルなのかもしれない。自分は生まれてこのかた、他人を殴ったことも殴られたこともない。

険悪な雰囲気が漂えば、その場を離れるか非がなくても自分から謝った。

よく言えば平和主義者、悪く言えば臆病者――ともかく、喧嘩とは無縁の人生を送ってきた。

「そんなの関係ないじゃんっ。今日は、私のほうが先に指輪をみていたんだからっ。英二、黙ってないでなんとか言ってよ！」

プードル女に援護を求められた彼氏が、三沢の前に歩み出た。

干上がる喉《のど》、早鐘を打つ鼓動――三沢は、後退《あとずさ》りしそうになる足を懸命に踏み堪《こた》えた。

ここで逃げ出してしまえば、一生の悔いになってしまう。

自分だけの問題ならば、いつものように退散したことだろう。

だが、今日だけは譲れない。まどかの誕生日プレゼントだけは、どうしても譲れなかった。

「おっさんさぁ……」

彼氏が、革ジャンのポケットに両手を突っ込み、剣呑《けんのん》な視線を投げてきた。

白く染まった脳内に、十数秒後の自分――彼氏の拳《こぶし》を顔面に受けて仰向けに倒れる姿が浮かんだ。

ガクガクと震える両膝、からからに乾いた唇。

「私が、悪かっ……」

「この指輪そんなに欲しいなら譲るよ」

心とは裏腹に口をついて出かけた詫《わ》びの言葉を、彼氏の意外な言葉が遮った。

「へ……？」

間の抜けた声を出し、三沢は彼氏の陽灼《ひや》け顔をみつめた。

「俺は指輪を買わないから、指輪を譲るって言ったのさ」

「英二っ、なに言ってんの……ちょっと、待ってよっ、英二！」

キャンキャンと喚《わめ》き立てるプードル女を置き去りに、彼氏が店を出た。

「くそおやじっ」

プードル女が捨て台詞を残し、彼氏のあとを追った。

三沢は、大きく息を吐き出した。硬直していた全身の筋肉が、解凍された冷凍魚のように弛緩《しかん》した。

一時は、どうなることかと思った。まだ、両膝が笑っていた。

「いかがなさいます？」

天を仰ぎ、深呼吸を繰り返す自分にかけられた女性店員の冷たい声。

顔を正面に戻した。声音《こわね》同様に冷たい視線が、三沢に注がれていた。

「このリングを、お求めでしたよね？」

指輪を自分に差し出す女性店員は、言葉遣いこそ丁寧だが、その裏には、買わないと絶対に許さない、とでもいうような恫喝《どうかつ》的な響きが込められている気がした。

「時間がないんだ。はやいとこ、包んでくれ。サイズ直しは、後日でいい。あ、包装紙はピンクでリボンは白で頼むよ」

女性店員へのいままでの鬱憤を晴らすかのように、三沢は横柄《おうへい》な口調で言った。

そして、財布から抜き出した九万円を、ショーケースの上に叩きつけるように置いた。

が、時間がないのは本当だった。あと五分後の六時半には、ここを出なければ待ち合わせの七時に遅れてしまう。

仏頂面の女性店員が、ぶつぶつとなにかを呟きながらラッピングを始めた。

これで、来月の給料日までの、長い長い節約の日々が始まる。

三沢が勤める曙《あけぼの》出版は文芸誌専門の出版会社で、社員が六名という零細企業だ。

小説誌発行、作家への執筆依頼、取り次ぎ店や書店への営業、宣伝、編集などの業務を、たった六人でこなしている。三沢は小説のほかに「日本一」シリーズという、日本一気の短い男、日本一笑える男、日本一心の狭い男、日本一優柔不断な男、日本一もてる男など、あらゆるジャンルにおいて日本一の人間を紹介するページの編集も担当しているのだった。

それこそ眼の回るような忙しさだが、弱小企業が故に労働力と給与が比例しないのが哀しいところだ。

大学を卒業して入社した出版社……大東舎《だいとうしゃ》は曙出版とは比較にならないほどの大手であり、サイドビジネスとして不動産会社を経営していた。

だが、本を扱っていた会社が家を扱ってもそううまくいくわけがなく、畑違いのビジネスの赤字が母体にまで飛び火し、入社五年目に大東舎は倒産した。

職を失った三沢は、元大東舎の社員が独立して創立した曙出版に拾われるような格好で入社した。

三沢は、九段下に建つ雑居ビルの小汚ない一室に入居する曙出版を最初に訪れたとき、赤坂の一等地に建つビジネスビルに二百坪の広大なフロアを構えていた大東舎とのあまりの落差に、近い将来ふたたび職探しに奔走する己の姿を思い描いた。

が、三沢の予想とは裏腹に、入社五年目を迎えた現在、冷え込むばかりの出版不況にも音を上げずに、曙出版はなんとか持ち堪えていた。

恐らく、己の分《ぶ》を知って週刊誌や漫画雑誌を出さずに細々とした活動をしていることが、生き残りの秘訣なのだろう。

尤《もっと》も、給与は、二十七歳の会社創立時から三十二歳の現在まで横這い状態で、今後も、上昇カーブを描く気配はなかった。

「はい」

三沢は、はやくしてくれ、とばかりに右手をヒラヒラとさせて釣り銭を催促した。

ラッピングを終えた女性店員が九万円を手際よく数え始めた。数え終えたにもかかわらず、彼女は、指輪の包みを手にしたままじっと佇んでいた。

「なにをやってるんだ。二千円の釣り銭を……」

「あと、二千四百円不足しています」

三沢の声を遮り、女性店員が、時報を告げるコンピュータ音声のように事務的に言った。

「なんだって⁉　ここに九万円あるのがみえないのか？　九万円から八万八千円を引けば、二千円だろう？　君は、引き算もできないのか？」

怒りに任せて、三沢は女性店員に皮肉を浴びせかけた。

「お客様。引き算よりも、五パーセントの消費税を掛けることをお忘れではないでしょうか？」

口もとに勝ち誇ったような笑みを浮かべた女性店員が小さく表示された「税別」という文字を指差し、皮肉を返してきた。

「な……」

「商品代金の八万八千円に消費税が加算されまして、九万二千四百円になります」

「これだけの買い物をキャッシュでしたんだから、消費税くらいサービスしてもいいだろう？」

「この品は定価十九万八千円の品なんです。申し訳ありませんが、これ以上の値引きはできません」

いらつく視線を腕時計に投げた。六時四十分。約束の時間まで二十分。

いまでさえ、完全な遅刻だ。これ以上、こんなところで足止めを食うわけにはいかない。

「もういい。さっさとそいつを寄越してくれ！」

三沢は千円札二枚と百円硬貨四枚をトレイに未練たっぷりに置くと、女性店員から指輪の包みをひったくり、外へとダッシュした。

地下鉄銀座線の出入り口まで、走った、走ったっ、走った！

昔から、スポーツは苦手だったが、足には自信があった。

かといって、体育祭の短距離走でぶっちぎりかといえばそうではなく、いつも真ん中あたりでゴールを通過した。

喧嘩を売られそうになって逃げ出すときや遅刻しそうになったとき……つまり、逼迫《ひっぱく》した状態にならなければ本領を発揮できないタイプだった。

全力疾走したので、地下鉄の出入り口に到着したときには、紙やすりで肺を擦《こす》られたようなザラザラとした息が口から溢れ出た。

両手を膝の上に置いて、背中を波打たせている三沢の肩を誰かが叩いた。

息を静めつつ振り返った三沢の視線の先……黒革のトレンチコートに黒革の手袋を嵌めたオールバックの中年男性が無表情に立っていた。

なんだか、ヤバそうな雰囲気を醸《かも》し出している。

走っているときに、足でも踏んでしまったのだろうか？

「あの……なんでしょう?」

恐る恐る、三沢は訊ねた。

「お金、落とされましたよ」

「え?」

三沢は、オールバック男が指差す先——黒塗りのバンの後部車輪の近くの路肩に視線をやった。

ピン札状態の一万円札が一枚。

一瞬だけ自分のお金だと思いかけた三沢だったが、すぐにそれは違うということがわかった。

なぜなら、自分の財布は折り畳み式なので、ピン札状態で落ちることはありえない。

なにより、財布が落ちることはあっても、お札だけ落ちることはありえないのだった。

今日は大きな出費……指輪の八万八千円はいいとしても、消費税の四千四百円は予定外の出費だ。

しかし、あの一万円があれば、五千六百円の儲《もう》けになる。

本当の落とし主には悪いが、ここは失敬させてもらうつもりだった。

「ご親切に、どうもありがとうございます」

三沢はオールバック男に礼を述べ、ぎこちない足取りにならないように一万円札を拾いに行った。

焦《あせ》りが出ないように、三沢はゆっくりと前屈《まえかが》みになった。

指先が、一万円札に触れるか触れないかのそのとき、いきなり、目の前のバンのスライドドアが開いた。

気づいたときには、胸倉を掴まれ車内へ引き摺《ず》り込まれていた。

「ちょ、な、なにするんだ！」

シートに放り込まれた三沢は、なにがどうなっているのかわからなかったが、とにかく抵抗した。

サングラスをかけたグレイのスーツの男が、暴れる三沢の胸もとになにかを突きつけた。

そっと、視線を胸もとに滑らせた。ルームライトの明かりを受ける刃渡り五センチほどのナイフ……鳥肌が全身を埋め尽くし、それまで暴れていた三沢の躰《からだ》が金縛りにあったように硬直した。

「心臓ってのは、三センチの刃渡りがあれば貫けるそうだ。人間っていうのは、案外、簡単に殺せるもんだな」

車に乗り込んできたオールバックの男が、人を食ったような物言いをした。

「あ、あんた、いったい、どういうつもりだ？　僕を、騙《だま》したのか？」

「ああ、そうだ。まさか、こんな簡単に引っかかるとは思っていなかったがな」

「な、なにが目的なんだ？」

乾燥した蟬《せみ》の死骸のように干涸《ひから》びた声で訊ねながら、三沢は、車内に視線を巡らせた。

自分を押さえつけているサングラス男とオールバック男以外には、運転席に坊主頭の男……いや、女がいた。

驚いた。テレビでみた尼さん以外に、頭を丸刈りにした女にお目にかかるのは初めてのことだった。

しかも、男顔負けのガタイ……少なくとも、自分よりは遥かに筋肉質だった。

「こいつの顔を、よく覚えるんだ」

オールバック男が、一枚の写真を三沢の鼻先に突きつけた。

銀座かどこかのクラブで撮ったような、ふたりの和服姿の女性を両脇に従えてグラスを片手にご満悦の表情の初老の男。

きれいに整ったロマンスグレイの髪に、仕立てのよさそうなスリーピースのスーツ。

一見、どこかの企業の社長然としているが、なにかが違う。

鼻の下を伸ばし口もとを弛緩させてはいるが、眼つきがやたらと鋭かった。

「この人は、誰なん……」

「いいか？　次、行くぞ」

オールバック男が三沢の質問を遮り、二枚目の写真を翳《かざ》した。

「これは……」

三沢は絶句した。

ビルの前に横付けにされた黒塗りのリムジンに乗り込む初老の男をみて、写真の主がどういった世界に身を置いているかの、大体の見当はついた。

少なくとも、新橋あたりの赤提灯《あかちょうちん》で愚痴を零《こぼ》しながら安酒を呷《あお》るうだつのあがらない中間管理職でないことだけはたしかだった。

「こんな写真をみせるために、僕を車に連れ込んだのか？」

三沢は、砕け散ったガラス片のように粉々になった平常心を掻《か》き集め、オールバック男に質問を繰り返した。

「彼の名は志賀幸次郎《しがこうじろう》。一政会《いっせいかい》の会長だ」

「一政会……の、会長？」

口内の唾液が、引き潮のように引いていった。

「そうだ。お前も、名前くらいは聞いたことがあるだろう？」

名前を聞いたことがあるもなにも、一政会と言えば、構成員数二万四千人を誇る関東最大の指定暴力団だ。

週刊誌の暴力団ネタの記事で読んだことがあるので、三沢も知っていた。

「一政会のことは知っているが、僕に、なんの関係がある⁉ なんの目的で、僕を車に連れ込んだと訊いてるだろう!」

恐怖が、三沢をプチ錯乱状態に陥らせた。

「まあまあ、そう焦るな。あとから、ちゃんと目的を話してやるから。その前に、これをみろ」

聞き分けのない子供を宥《なだ》めるように言うと、オールバック男が三枚目の写真を宙に翳した。

今度の写真は、若い女性のものだった。どこかの喫茶店で紅茶を飲んでいるところを隠し撮りしたようだった。

薄茶に染めたセミロングの髪。すっと切れ上がった目尻。髪同様に茶色がかった瞳。ほっそりと尖った顎。座っていてもわかる抜群のプロポーション……まどかとは対照的なタイプだが、写真の中の女性はかなりの美貌の持ち主だった。

「彼女の名はユウキという。歳は二十二歳。若者向けの女性ファッション誌で専属モデルをやっている。コギャルの間では、カリスマモデルとして有名人だ」

なるほど、どうりで抜群のスタイル……そんなことを、考えている場合ではない。

大物ヤクザの親分にカリスマモデル——自分を強引に車に拉致しておいて、いったい、なにをさせようというのか?

「僕には、そんな話は関係ない。いい加減に、解放してくれないか?」

「彼女の本名は、志賀雪子《ゆきこ》。一政会会長の愛娘《まなむすめ》だ」

ということは、ヤクザの娘？　正直、驚いた。

が、だからなんだというのだ？

ユウキというモデルがヤクザの娘だろうが政治家の娘だろうが、自分には、関係のないことだった。

「君達は、こんな写真を僕にみせて、どうしようと……」

「志賀雪子を殺してもらう。それが、お前を拉致した目的だ」

「ぬわっ……」

サッカーボールサイズの氷塊で、頭を打ち砕かれたような衝撃が脳天から全身に走った。

「じょ、冗談でしょ⁉　ぼ、僕がどうして、かか、彼女を、こっ、こっ、殺さなければならないんだ？」

舌がもつれまくり、頭の中で疑問符がスパークした。

「それは、俺らに、彼女を殺さなければならない理由があるからだ」

さも当然のように、オールバック男が言った。

「だ、だったら、自分でやればいいじゃないか……ど、どうして、僕なんだ⁉　だいたい、どこの誰かもわからない僕に、そんなことを命じるなんておかしいだろ⁉」

「三沢太一《たいち》。三十二歳。独身。出身は金沢市。現住所は荻窪一丁目の三栄ハイツ二〇二号室。勤務は九段下の曙出版」

ドライバーズシートの坊主女が、男顔負けのバリトンボイスで淡々と言った。

「どうして、僕のことを……」

皮下を流れる血液が凝結した。

「知りたいか？」

オールバック男が、目の前に小冊子のようなものを差し出した。

それは、ミニアルバムだった。

「いつ、こんなものを！」

開かれたミニアルバムをみて、三沢は思わず絶叫した。

自宅を出る男、駅のキオスクで缶コーヒーを立ち飲みする男、立ち食い蕎麦《そば》を啜《すす》る男、電車で口を開け居眠りする男、横断歩道を全速力で駆ける男、コンビニでグラビア雑誌を立ち読みする男……写真の中の男は、どれもこれも自分だった。

「たいした取り柄のない男だが、逃げ足だけははやいな」

オールバック男が、片側の頬だけで笑った。

「ど、どうして、そんなことをする必要がある⁉　ヤクザでもない平々凡々なサラリーマンに、どうして、そんな危険なことをやらせようとするんだ！」

「あんた、どうしてどうしてばっかりね。平々凡々な小市民だから選んだんじゃない」

「おい、余計なことを言うんじゃない」

蔑《さげす》んだような眼を向ける坊主女を、オールバック男が窘《たしな》めた。

彼らは、何者なのだろうか？　とても堅気にはみえないが、かといって、ヤクザ、というのともちょっと違う。

第一、女のヤクザなんて聞いたことがない。

「とにかく、俺らがお前を選んだ以上、きっちりと任務は遂行してもらう」

オールバック男が、冷え冷えとした声で言った。

「じょ……冗談じゃない！　人を殺すなんて、絶対にいやだっ」

上半身を起こそうとした三沢の鼻先に、サングラス男が無言でナイフの切っ先を突きつけてきた。

さっきからひと言も喋っていない、不気味な男だった。

「こいつは、五歳の頃にカブト虫を、十歳の頃にカエルを、十五歳の頃にネコを殺して、二十歳の頃にはとうとう人間にまで手を出した。普段は無口だが、一度キレてしまったら俺でも止めるのは無理だ。あまり、聞き分けの悪いことは言わないほうがいい」

たしかに、この男なら、眉ひとつ動かさずにぶっすりと刺しても不思議ではない。

いままでいまいち実感の湧《わ》かなかった恐怖が、足もとから這い上がり三沢を金縛りにした。

つい十数分前まではウキウキ気分でまどかの誕生日プレゼントを買っていたというのに……まどか！　まどかが、心配しているに違いない。

「頼む。僕を解放してくれ。今日は、婚約者の誕生日で、待ち合わせをしているんだ……お願いだ……」

懇願、哀願、嘆願……この絶体絶命の阿鼻《あび》地獄から逃がしてくれるというのなら、なにを犠牲にしてもよかった。

「その婚約者ってのは、彼女のことか？」

オールバック男が、この車に入ってから何枚目かの写真を上着のポケットから取り出した。

「こ、これは！」

写真をみた三沢は、内臓が口から飛び出してしまうのではないかと思うほどの衝撃を受けた。

そこには、ロープで椅子に縛りつけられ座らされているまどかの姿があった。

「よろしくな、我らが同志」

オールバック男の含み笑いが鼓膜からフェードアウトしてゆく。

まどかの胸に立てかけられている毎朝新聞の11月1日という日付が、涙に霞《かす》んだ。

2

「おい、どこへ連れて行くつもりだ？」

三沢を乗せたバンは、新宿に入った時点で、もう、かれこれ一時間も西口から東口、東口から南口、南口から西口と彷徨《さまよ》っていた。

三沢の声が聞こえないとでもいうように、右側に座るオールバック男も、左側に座るサングラス男も、ステアリングを握る坊主女も、ずっと、押し黙ったままだった。

「どこへ連れて行くつもりだと……」

「停めろ」

バンが動き出してから、三沢以外で初めて口を開いたのはオールバック男だった。

ブレーキペダルを踏む坊主女――バンが停車したのは、新宿中央公園の近くだった。

オールバック男は、リアウインドウ越しに、窓の外を通り過ぎる通行人を鋭い眼で観察している。

なにかを、物色しているようだった。

いったい、彼らは、自分になにをやらせるつもりなのだろうか？　なにより、まどかの身は大丈夫なのだろうか？

三沢の脳裏に、椅子に縛りつけられ、今日の日付入りの新聞とともにカメラで写されたまどかの姿が蘇った。

「とりあえず、あいつでいくか。おい」

窓の外に視線を投げていたオールバック男が独り言を呟くと、振り返り、三沢に呼びかけた。

「あの男の顔面を殴って、すぐに戻ってこい」

オールバック男が、公園のゴミ箱を漁っているホームレスを指差しつつ言った。

「なんだって⁉」

三沢は、素頓狂《すっとんきょう》な声を上げた。

「あのホームレスの顔面を殴ってこいと言ったんだよ」

「そんなこと、できるわけないだろう⁉」

「これから、ヤクザの娘を殺そうって男が、ホームレスのひとりやふたり殴れなくてどうする？」

ピンクの紙巻き煙草《たばこ》を、ニヤリと吊り上げた口角に押し込むオールバック男。

「ぼ、僕は、殺すなんて言った覚えはないぞっ」

「じゃあさ、あんたのかわいい婚約者さんが、遺影の中に入ってもいいってわけね？」

坊主女が、ガムをくちゃくちゃとさせながらドスの利いた声で言った。

「まどかになにかあったら……」

「どうするつもりなんだ？　赤マントでもつけて飛んで助けに行くってか？　え？　み・さ・わ・く・ん・よ？」

唇を窄《すぼ》めたオールバック男が、三沢の顔に紫煙を吹きかけてきた。

「頼むっ。僕とまどかを解放してくれ。お金なら、なんとか用意する。だから……」

「はした金なんかいらない。俺がほしいのは、志賀雪子の命だ」

オールバック男が、それまでとは一転した真剣な表情で言った。

「百歩譲って、僕がその話を受け入れたとして、あのホームレスを殴ることと、どんな関係があるんだ？」

「度胸づけだ。本番までに、何段階かのステップにわけてお前を訓練してゆく。いきなり人を殺せと言っても、そう簡単にできるもんじゃないからな。なんでも、場慣れってやつが必要だ。それと、勘違いしているようだから念のために言っておくが、受け入れたとして、ではなく、お前は、任務を受け入れるしかないのさ」

「と、とにかく、人殺しも暴力もごめんだ」

「わかった」

オールバック男が、携帯電話を取り出し、どこかへ電話をかけ始めた。

「ああ、俺だ。男が、任務を放棄したいらしい。もう、まどかって女、始末してもいいぞ。殺す前に、遊んでもいい。ただし、ゴムはつけろよ」

「ちょちょ……ちょっと待てっ、待ってくれ！」

三沢は、血の気を失った顔でオールバック男の携帯電話に手を伸ばした。

「なんだ？　任務を放棄するんだろう？」

オールバック男が携帯電話を持った腕を頭上に逃がし、サディスティックな顔で言った。

「ま、待て。考え直す……考え直すから、まどかに手を出すのだけはやめてくれっ」

三沢は顔前で合掌させた手に額を擦りつけ、懇願した。

「だそうだ。もう一度、男と話し合ってみる。まだ、手を出すな」

オールバック男が携帯電話を切った瞬間に、どっと躰の力が抜けた。

「おい、三沢君。今回だけは、初心者ということで大目にみてやる——が、二度目はないと思え。俺の場合、仏の顔も一度まで、だ。もし次に命令に背《そむ》いたら、婚約者を殺す。別に、お前の代わりはいくらでもいるわけだからな」

片側の頬を痙攣《けいれん》させるオールバック男——どうやら、笑っているようだった。

「わかった……わかったよ」

三沢の表情筋も痙攣していた。

が、もちろん笑っているのではなく、絶体絶命の恐怖心と焦燥感から引きつっているのだった。

「ほら、ゴミ漁りに夢中になっているから、アッパーでも決めてきなよ」

坊主女が振り向き、男顔負けの太い腕を下から上に突き上げる仕種《しぐさ》をした。

ごつい躰つき、バリトンな声、大きく張り出した顎、サーバルキャットのように鋭い眼……タンクトップの胸もとを突き破らんばかりに隆起させるたわわな乳房がなければ、彼女を眼にした百人中百人が男だと思ってしまうだろう。

「任務を告げる。一撃でホームレスに尻餅をつかせろ。狙いは顎。猶予時間は三十秒だ。任務遂行後にホームレスが立っていたり、顎以外の場所を殴ったり、三十秒を一秒でも過ぎたら、このテストは不合格だ」

「さ、三十秒で⁉」

ホームレスまでの距離は約五メートル。ただ行って帰ってくるだけならば、三十秒もいらない。

だが、オールバック男が出した条件を満たして、となると、不可能に近い。

「二度言わせるな」

「そんな、せめて、一分にしてくれよ」

ホームレスを殴るという肚《はら》は決めた……決めざるを得なかった。

しかし、三十秒は無理だ。いや、たとえ一分貰ったところで、任務を遂行できるかどうかの自信はなかった。

生まれてこのかた、人を殴るどころか、揉《も》み合いの喧嘩さえしたことがないのだ。

しかも、一撃でホームレスに尻餅をつかせるだの、顎を狙えだの、条件までつけられている。

野球初心者が、ストレートでもカーブでもなくフォークを狙い撃ちにしてセンター前に運べ、と言われているようなものだ。

「本番で、お前に与えられる殺害法は刺殺だ。ターゲットが人里離れた山の中にいるならばまだしも、公共の場での任務に一分もかかるようならば、刺殺する前に取り押さえられるのがオチだ」

「刺殺って……刃物で人を刺し殺すことか？」

志賀雪子なる女性を殺す具体的な方法を耳にしたとたんに、急に、自分が人殺しになるという実感が湧き始め、両膝がガクガクと震え出した。

「ほかに、なにがある？」

「いや……テレビなんかでは、こういうとき、拳銃を使うイメージがあるから……」

自分が人殺しをやるという前提で、こんな話をしている事実が信じられなかった。

「あんたって、顔もまぬけそうだけど、頭の中身もスカスカね。素人が拳銃握ったところで、二メートルも離れれば当たらないわよ。それに、流れ弾で無関係の人間を殺す可能性だってあるし、その点、刺殺なら、刺しどころさえ間違わなければターゲットだけを確実に仕留めることができるのよ。ただし、刃物を使っての任務は、拳銃と違って、ターゲットの懐に飛び込まなければならないから、度胸がいるけどね。あんたのそのおちんちん並みにちっちゃい心臓を鍛えるために、トレーニングを兼ねたテストをやってあげてるんだから、感謝しなさいよ」

「なんだと⁉」

坊主女の聞くに耐えない罵詈雑言《ばりぞうごん》に、三沢は気色ばみ、腰を浮かせた。

次の瞬間、坊主女の筋骨隆々の腕にネクタイを摑まれ、ドライバーズシートとサイドシートの背凭《せもた》れの合間に物凄い勢いで引き摺り込まれた。

「あたしと勝負したいっていうのなら、受けて立つわよ」

頭に昇った血が、逆さにされたペットボトルの水のように、一気に急下降した。

「やめとけやめとけ。アリスは空手の有段者であり柔道の黒帯も持ってる。同時に、全日本女子ボディビルダー選手権で優勝したという実績も持っている。去年の暮れ、六本木でアリスに絡んできた酔ったふたりの黒人がいた。ひとりは一本背負いで路上に叩きつけられて背骨を粉砕骨折、もうひとりは、前蹴りで右膝を亀裂骨折の憂《う》き目にあった。とてもお前が渡り合えるような相手じゃない」

オールバック男が、大袈裟《おおげさ》に肩を竦《すく》めながら言った。

空手の有段者、柔道の黒帯、ボディビルディングのチャンピオン……どうりで、雌ゴリラのようなマッチョな躰をしているわけだ。

黒人ふたりが粉砕骨折に亀裂骨折。彼……いや、彼女なら、それくらいやっても不思議ではない。

しかしまた、どうせ偽名だろうが、アリスとは、ずいぶんと似合わない名前をつけたものだ。

とにもかくにも、坊主女とやり合っても、勝てそうにないことだけはたしかだ。

だが、いくら彼女が腕利きであっても、女に負けるなんてみっともない姿をさらすわけにはいかない。

「行けばいいんだろう、行けば」

三沢は、話を逸《そ》らす意味で、わざと唇を尖らせ、不貞腐《ふてくさ》れてみせた。

「やっと、その気になったか。おい」

オールバック男が、サングラス男に目顔で合図すると、スライドドアが勢いよく開いた。

相変わらずゴミ箱に顔を突っ込んでいるホームレスを、三沢はマジマジとみつめた。

髪はボサボサで、髭《ひげ》もボーボーでフケてみえるが、よくみると、意外と若い。

まだ、五十はいっていないだろう。それに、躰つきも一般的なホームレスにみなが抱くよぼよぼのイメージではなく、ガッチリとした筋肉質だった。

三十秒で尻餅をつかせるどころか、返り討ちにあう危険性があった。

「なにビビッてんのよ。情けない男ね」

坊主女の嘲笑が、三沢の乏しい反骨心に火をつけた。

「僕がビビッてないって証拠を、いま、みせてやるよ！」

引くに引けない状況――三沢は、サングラス男の膝上を飛び越え、ホームレスに向かってダッシュした。

ターゲットが近づくたびに、心音が高鳴り、喉がからからに干上がった。

正直、怖かった。できるものなら、逃げ出したかったが、それをやってしまえば、まどかの命が危ない。

一切の恐怖心を愛情で振り払い、三沢は突進した。

ようやく己の身に迫る危険を察知したホームレスが顔を上げた。

「うぁりゃあーっ！」

三沢は奇声を発し、ホームレスの顎を目がけて右腕を突き出した。

拳に衝撃――ホームレスがスローモーションのように腰から崩れ落ちた。

やった！　心で叫び、三沢はバンへと駆け戻った。

逃げ足には自信があった。

なんとか、うまくいった。これなら、三十秒は確実に切るはずだった。

「三十秒切っただろ……」

意気揚々とバンに戻りステップに足をかけた瞬間、オールバック男に髪の毛を摑まれ、車内へと引き摺り込まれた。

サングラス男が素早くスライドドアを閉め、坊主女がアクセルを踏んだ。

反動で、シートに背中が叩きつけられた。

頰に衝撃――平手が飛んできた。

「なにするんだっ。三十秒は切ってるはずだ！」

三沢は、頰を押さえて猛抗議した。

「馬鹿野郎が！　ターゲットの前で叫ぶ奴がいるか！　気づいてくれと言ってるのと同じじゃねえかっ」

「で、でも、成功したから、いいじゃないか」

三沢は、遥か彼方に小さくなった仰向けに倒れるホームレスを指差し、懸命に訴えた。

「あほんだら！　お前のパンチは、頰に当たってんだよっ。俺は、顎を狙えと言ったんだよ、顎をよ！」

「尻餅をつかせたから、いいだろう？」

三沢は、執拗に食い下がった。

暴力とは無縁の自分にとって、ホームレスを殴るという任務は、大袈裟ではなく自爆テロを決行するに等しい命懸けの行為だった。

「お前、なんのためのテストだと思ってるんだ?」

珍しく、サングラス男が口を開いた。

「本番は、ターゲットを刺殺することだと、大鶴《おおつる》さんが言っただろうが? 刺殺ってのは、腹にしても心臓にしても、一センチでもずれれば殺し損ねる結果となる。顎と頬では、十センチは離れている。本番なら、心臓を狙ったつもりが脇腹を刺すってことになる。遊びじゃない。お前の失敗は、俺らの失敗だ。もっと真剣にやらねえと、お前の腹を抉《えぐ》るぞ」

五歳の頃にカブト虫を殺し、十歳の頃にカエルを殺し、十五歳の頃にネコを殺し、二十歳で人間を殺し……鼓膜に蘇るオールバック男から聞いたサングラス男の歴史が、三沢の脳みそを凍《い》てつかせた。

爪の先から体温が抜け出すような寒気に襲われた三沢は、漫才師のボケ役のように何度も頷いた。

「アリス、このへんで停めろ」

坊主女が、ブレーキペダルを踏んだ——バンは、靖国通り沿いの区役所通りの入り口近辺に停車した。

「テスト二だ。今度のターゲットはあいつだ」

オールバック男が、窓の外——通行人にチラシを配るショッキングピンクのダウンコートを着た男を指差した。

コートの背中には、ランジェリーパブ、ルージュダンサーとプリントされている。

ランジェリーパブは俗にランパブと呼ばれ、ホステスが裸同然の下着姿で客の膝の上に乗って腰を振ったり、顔に胸を押しつけたりする店だ。

ボディタッチは当然のことながら、中には、本番ＯＫの店もあるらしい。

金髪のロン毛に顎鬚《あごひげ》に細眉――そんな店の呼び込みだから、テスト一のホームレスよりも、チラシ配りの男はみるからにとっぽい雰囲気を醸し出していた。

「任務を告げる。ターゲットのみぞおちを殴り、左手に持っているチラシの束を奪ってこい。猶予時間はテスト一と同じ三十秒。みぞおち以外の場所に拳がヒットしたり、チラシの強奪に失敗したら、テストは不合格だ」

ヤンキー男のみぞおちを殴り、チラシを奪う……明らかに、テスト一よりもハードルが高くなっていた。

みぞおちを殴るだけでも、キレたヤンキー男の逆襲が怖いというのに、チラシまで奪うとなると至難の業だ。

しかし、ここで指令に背けば、オールバック男がなにを言ってくるのかが眼にみえている。

いったい、どうすればいいのだ？

このままでは、自分は殺人者になってしまう。

だが、まどかが囚われている以上、断ることも、逃げ出すこともできないのだった。

反抗したところで、さっきと同じように、三人に脅され、小突かれ、嘲笑《あざわら》われるのが落ちだ。

「ドアを、開けてくれ」

自ら、サングラス男に言った。

「あら、珍しいじゃない。腰抜け男にも、プランクトン並みの度胸があったのね」

坊主女が、早速、けなしてきた。

この女にかぎっては、自分が勇気を振り絞ろうが臆していようが、結局は、馬鹿にしてくるのだった。

「あんた、僕にテストを合格してほしいのか？　それとも、不合格になってほしいのか？」

三沢は、押し殺した声で言った。

「アリス。たしかに、こいつの言うとおりだ。ここは、三沢先生のお手並み拝見といこうじゃないか」

「そうね。大口を叩いたんだから、格好いいところをみせてもらおうじゃないの。み・さ・わ・せ・ん・せ・い」

オールバック男に諭《さと》された坊主女が、少しも反省した素振りもなく三沢を茶化した。

サングラス男がスライドドアを引くと同時に、三沢は飛び出した。

「あんだよっ。時化《しけ》たおっさんだな」

ヤンキー男が、差し出したチラシを無視して通り過ぎた中年男の背中に毒づいた。

最初こそ勢いのよかった三沢の足が止まった。

ガムをくちゃくちゃとさせながら眉間《みけん》に皺《しわ》を寄せるヤンキー男の不良のオーラに、三沢は明らかにたじろいでいた。

正直、怖かった。普通なら、街で擦れ違ったら眼を伏せるような相手だ。

殴りかかり、チラシを強奪するなど、とてもではないが考えられなかった。

三沢はバンに駆け戻った。

「ほかのターゲットに代える……」

「おお、愛しき女性《ひと》よ。君を必ず、守ってみせる」

芝居がかった口調で言いながら、オールバック男がロープで拘束されたまどかの写真を、振り返った三沢の顔前に突きつけた。

「くっそ……」

奥歯を嚙み鳴らし、三沢はヤンキー男に向かってダッシュした。

みぞおちを殴りチラシを奪う、みぞおちを殴りチラシを奪うっ、みぞおちを殴りチラシを奪う！

三沢は、オールバック男の指令を心で繰り返しつつ突進した。

ターゲットまでの距離が、十メートル、九メートル、八メートル……三メートルを切ったときに、ようやくヤンキー男は、物凄い形相《ぎょうそう》で己に向かってくる三沢の存在に気づいた。

「なんだぁ⁉　てめえ……」

ヤンキー男が身構えるより先に、右の拳をみぞおちに叩き込んだ。

悲鳴を上げるＯＬ、喧嘩だ喧嘩！　と興奮する酔っ払いのサラリーマン、囃《はや》し立てる若者達……三沢のボルテージも一気に上がった。

虚を衝かれて腹をくの字に曲げるヤンキー男の左手――三沢は、チラシの束に手をかけた。

顔をまっ赤に怒張させたヤンキー男は、チラシの束から手を離さなかった。

額には真珠のような汗の玉を浮かべ、半開きにした唇から苦しげな息を漏らしている。みぞおちへの一撃が、相当に利いているのだろう。

体内時計の秒針が、刻々と時間《とき》を刻んだ。

三沢の頭の中で、立て続けに気泡が弾け散った。皮下を流れる血液が沸騰し、物凄い勢いで体内を駆け巡る。

「離せ、離せっ、離せ！」

三沢は半泣き声で絶叫し、綱引きの要領で踵《かかと》に重心を預けてチラシの束を引っ張った。

三沢にはわかっていた。ここで二発目の拳をみぞおちに食わせればチラシはゲットできるが、バンに戻った瞬間にオールバック男に怒鳴られてしまうだろうことを。

同じ過ちを繰り返すほど、自分は愚か者ではない。

チラシの束を中心にした綱引きを続けているうちに、周囲にどんどんと野次馬が集まった。

その数に比例するように、三沢の焦燥感が募った。

これ以上、てこずるとヤバい。現時点で、三十秒は確実に過ぎていることだろう。

「てめえ、なにすんだっ。ふざけんじゃねえ！」

ヤンキー男が、空《あ》いているほうの腕を振りかぶった。

三沢は、踵にかけていた体重をいきなり爪先に移動させた——ヤンキー男がバランスを崩したところで、チラシの束を一気に引いた。

魚を掠《かす》め取った野良猫のように、三沢は人波を掻きわけながらバンへと駆け戻った。

車内に飛び込むと、前回と同じようにスライドドアが閉まる前に乱暴にバンが発進した。

「悪い……三十秒は……過ぎてしまった……」

三沢は、息を切らせながら詫びた。

詫びながらも、一撃でみぞおちを打ち抜き、チラシの束をゲットしたという満足感はあった。

「馬鹿野郎が！」

オールバック男が、奪い取ったチラシの束で三沢の頬を思い切りはたいた。

脳みそが揺れ、視界がぐらついた。

「タイムオーバーだからって、殴らなくても……」

「タイムオーバーだけじゃないっ。一発でチラシを奪えなかったら、なぜ二発目を食らわせない？　子供のおもちゃの取り合いじゃあるまいし、なにをもたもたやってんだ！」

「一発で仕留めろって言ったのは、あんたのほうじゃないか！」

「ほんっとうに、馬鹿ね。それは、テスト一の話でしょ？」

「へ？」

三沢は、泥酔《でいすい》して帰って家のドアを開けたら、隣の家だったときのように、間の抜けた声を出した。

「アリスの言うとおりだ。俺は、今回、一発で仕留めろとはひと言も口にしていない。もっと、状況というものを考えろ。本番では、突発的になにが起こるかわからない。あのチンピラ崩れがなかなかチラシの束を離さなかったということは、急所に的確なパンチが入らなかったことを意味する。ひと刺しでターゲットに致命傷を与えられなかったと思ったときには、何度でも刺せ。これが本番なら、ターゲットが事切れる前に、お前は取り押さえられて警察に突き出される結果になってるんだぞ。冷え冷えとした陰気な牢屋で、十年も二十年も臭《くさ》い飯食いながら、絞首台に上る日を指折り数える生活を送りたいのか？」

鉄格子の中で、毎朝、看守の足音が近づくたびに、今日が執行日ではないのかと怯《おび》える日々を過ごすという死刑囚の書いた本を昔読んだことがあった。

そのときは、大変だろうな、と他人事《ひとごと》でいられたが、いまは違う。

自分になんの危害を加えたわけでもない見ず知らずの他人を、なんの理由もなく殺す……つまり、通り魔と同じだ。

そんな犯罪に情状酌量の余地などあるはずもなく、オールバック男の言うように、捕まれば、間違いなく死刑だ。

あまりに唐突な出来事で、冷静な思考能力を失っていたが、これから自分のやろうとしていることは……やらされようとしていることは、大変なことなのだ。

まどかが囚われていることが桎梏《しっこく》の状況に拍車をかける結果になっていたが、彼らも皮膚が切れれば赤い血が流れる人間であり、悪魔ではない。

話せば、きっとわかってくれるに違いない。

自分が任務を降りるからといって、まさか、本当にまどかを殺すことはないだろう。

殺人鬼ではあるまいし、できるなら、彼らも無駄な殺しは避けたいはずだ。

「テスト三では、俺が命じる任務をよく聞き、速やかに任務を遂行しろ」

「あの……ちょっと、僕の話を聞いてくれないか？」

三沢は、オールバック男の瞳をみつめながら、意を決して切り出した。

「あんた達と志賀雪子って女がどんな関係か、なにがあったのかは知らないし、興味もない。でも、ひとつだけわかっているのは、僕には彼女を殺す理由はないということだ。そういう無関係の人間を探していたというのはわかっている。あんた達も、いろいろと事情があるんだろう。だけど、はっきり言って僕は、この任務に不適格だと思う。テストしてみてわかったように、僕は臆病だし、不器用だし、飲み込みも悪いし……なあ、頼むから、考え直してくれ。僕なんかより向いている人間は、ほかにも一杯いるはずだ。今日あったことは、誰にも言わないと約束する。このバンを降りた瞬間から、僕の記憶の中にあんた達は存在しない。僕を、信じてほしい」

三沢は、ありったけの誠実さを掻き集め、オールバック男に訴えた。

「歴史に残る名馬も調教をしなければただの乗馬用の馬だし、歴史に残る天才ピアニストも、レッスンを受けなければ雨《あま》だれだって満足に弾けない。臆病で不器用で飲み込みの悪い男でも、訓練を積めば女ひとりくらいは楽に殺せるようになる。それに、俺は、今回の任務にお前ほど最適な人間はいないと思っているんだがな」

オールバック男が、意味深な笑みを口もとに浮かべた。

「僕が、今回の任務に最適な人間だって⁉　冗談はよしてくれ。僕は、誰かを殴ったのも今回が初めてだし、殺人なんてできるわけがない。なあ、お願いだ。僕とまどかを、解放してくれ」

三沢は、シートに両手をつき、深々と頭を下げた——懇願した。

願いを聞いてくれるのなら、オールバック男の足を舐《な》めてもよかった。

耳もとに、坊主女がなにかを押し当ててきた。黒目を横に滑らせた。

なにかは、携帯電話だった。

ニヤリと笑う坊主女——とてつもなく、いやな予感がした。

『太一さんっ、助けて……太一さん！』

受話口の向こう側から流れてくるのは、間違いなく、まどかの声だった。

「婚約者が助かる唯一の方法は、志賀雪子を殺すことだ。それ以外に、お前らふたりが生き残る道はない」

オールバック男が、サディスティックかつ冷酷に唇の端を吊り上げた。

「あ、あんたら……」

二の句が、継げなかった。

どうやら、大変な思い違いをしていたようだ。

自分を捕らえた三人は、血の通った人間などではなく、正真正銘の悪魔だった。

3

「テスト三は、少し趣向を変えてみる」

区役所通り沿いのコンビニエンスストアの前で停められたバンの中で、オールバック男が言った。

腕時計の針は、もう、午前二時を回っていた。

「もしかして、あれでいくんですか？」

坊主女の瞳が輝いた。

「ああ、あれでいこうと思う」

唇の端を吊り上げるオールバック男。

いやな予感がした。

少し趣向を変えるって……今度は、いったい、なにをやらされるのだ？

三沢の胸は、不安と恐怖に押し潰されそうだった。

「なにを盗ませるつもり？」

坊主女の言葉に、三沢は耳を疑った。

「盗ませるって……僕に、万引きをさせる気か？」

三沢は、思わずふたりの会話に割って入った。

「万引きなんて、させはしないさ。お前は、かっぱらいをやるのさ」

「かっぱらい？」

「そう、かっぱらいだ。気付かれないようにやるのが万引きだから、それは意味がない。俺はお前を盗人《ぬすっと》にしようってわけじゃない。志賀雪子を殺すために、度胸をつけさせたいのさ。だから、店員にわかるように堂々とやらなければならない」

ターゲットを殴って逃げるというテスト一や二のときに比べて、一歩間違えば刑務所行きのかっぱらいは危険と言えた。

「あんたの言う任務ってやつに、かっぱらいは、関係ないじゃないか？」

「言ったろう？　度胸をつけるためだって。お前に必要なのは、一にも二にも肚を据えることなんだよ。ターゲットは缶コーヒーだ。レジの店員に、こいつを貰うと宣言して盗み出してこい。持ち時間は三十秒だ」

「捕まったら、どうするんだよ？　警察に突き出されてしまうだろう？」

三沢は、懸命に抵抗した。

缶コーヒーを盗んで手錠をかけられるなんて、そんなみっともない話はない。

「だから、必死になるんじゃないさ」

坊主女が、冷え冷えとした口調で言った。

「そんな、無責任な……」

「三沢ちゃん」

オールバック男がまどかの写真を指先で弾き、サングラス男がスライドドアを開けた。

「くそっ」

三沢は舌を鳴らし、バンを飛び降りた。

なぜ、こんなことになってしまった？

虐待親、ひったくり犯、レイプ魔、横領犯、痴漢、空き巣……罰を与えるなら、いくらでも相応《ふさわ》しい人間がいるじゃないか？

自分がいったい、なにをしたというのだ？

馬車馬のように働き謹厳実直に生きてきた人間がどうして、こんな理不尽な目にあうのだ？

三沢は神を呪いつつ、コンビニの自動ドアを潜《くぐ》り抜けた。

迷わず、正面奥の缶ジュースの棚に突進するように駆けた。

適当な銘柄の缶コーヒーを鷲摑《わしづか》みにし、踵《きびす》を返した。

物凄い形相で飛び込んできた「客」を怪訝《けげん》な表情で追う男性店員は小柄だがガッチリとしており、いかにも足が速そうだった。

——レジの店員に、こいつを貰うと宣言して盗み出してこい。

オールバック男の指令が、三沢を焦らせた。

「こ、これを貰う！」

缶コーヒーを持った腕を男性店員に向けて高々と上げ、三沢はダッシュした。

「あ、ちょっと！」

男性店員がカウンターから出てきたときには、三沢は既に自動ドアを抜けていた。

楽勝だ。これなら、文句はないだろう……と、思った瞬間、視界が流れた。

目の前に舗道のアスファルト。慌てて立ち上がろうとしたが、男性店員に背後から胴タックルを受けてふたたび俯《うつぶ》せに倒れてしまった。

「この、盗人が！」

「すみませんっ、勘弁してください」

三沢は、後ろ手で缶コーヒーを差し出しながら、許しを乞うた。

「すみませんで済むなら、警察はいらないいん……」

「これで、勘弁しろや」

いつの間にかバンから降りていたオールバック男が、五百円硬貨を路上に放った。

「あなた、誰なんです？」

「誰だっていいだろうが、五百円もありゃ、缶コーヒーならお釣りが十分でるだろう？」

「金額の問題じゃないんです。彼は盗みを……」

「こいつはよ、ウチから五百万の金を引っ張ってんだよ。百二十円ぽっちで、身柄拘束する気か？　お？」

「え……いや……別に……」

「だったら、その五百円を持って、さっさと消えろや！」

「いえ、お金は結構ですから……」

男性店員が、脱兎《だっと》の如く踵を返して店内へと駆け戻った。

オールバック男を、ヤクザだと勘違いしたのだろう。

いや、勘違いではなく、オールバック男は、正真正銘のヤクザかもしれない。

「おい。お前、まぬけ加減も、たいがいにしとけよ」

オールバック男が三沢に馬乗りになり、襟首を摑むと顔を近づけながら凄んできた。

「わ、悪かった……」

「こっちにこい」

詫びの言葉を遮られ、凄い力で立ち上がらされるとバンへと引き摺り込まれた。

「三つのテストで、なにひとつうまくいってないだろうが？　一回くらい、ピシッと決めてみろや、ピシッとよ。それともなにか？　お前、もしかして、へたを打ったら任務から外して貰えるとでも思ってるのか？」

図星だった。心のどこかで、それを期待している自分がいた。

「そ、そんなこと、思ってるわけないだろう。僕はまどかを救いたい。だから、全力投球でやっている。だけど、人を殴るのも物を盗むのも初めてなわけで、そのへんは、大目にみてほしい」

三沢は、懸命に訴えた。

オールバック男に言ったように、なんとしてでも、まどかを救わなければならない。

「甘ったれてるんじゃねえ！」

オールバック男が怒声を上げ、三沢の左右の鼻の穴に指を突っ込んで背凭れに押しつけた。

吊り上がった目尻、怒張するこめかみの血管、赤く染まった目の縁……鬼のような形相。

こんなに激怒したオールバック男をみるのは、初めてのことだった。

「いまのお前は、アマゾンの奥地に放り出されてるのと同じなんだよ。サバイバル経験がないからって、黙って毒蛇に咬《か》まれるのを、サソリに刺されるのを待ってるのか？　経験がないのなら、どうやって毒牙や毒針から身を守るかを考えて戦うしかないだろうが⁉

本当なら、いま頃お前なんて野犬か魚の餌にしてるところだっ。どうして、生かしてると思う？　任務のためだよっ。任務のためだけに、お前は生かされてるんだ。任務をきっちりこなす以外に、お前が生き残る道はないんだよ！」

オールバック男の指先が、第二関節まで押し込まれた。

鼻の奥に激痛が走り、生温い血が鼻孔の壁を伝って溢れ出してきた。

「わふぁった……わふぁったから、やめへくれ……」

「テスト四。これが、本当のラストチャンスだ。次のテストをクリアしなければ、婚約者を始末してお前を殺す」

オールバック男の氷のような視線が、三沢の瞳孔を鋭く射貫いた。

発車するバンの車窓の景色のように記憶が巻き戻され、三沢を思い出の世界へと誘《いざな》った。


——本当に、僕なんかでいいんですか？


黒真珠のような潤《うる》んだ瞳、苺《いちご》を齧《かじ》ったような赤くふくよかな唇、新雪が降り積もったような白肌……窓から射し込む麗《うら》らかな陽光を背にしたまどかのすべてが、僕を魅惑した。

代官山のカフェで、僕は信じられない気持ちで「いま」を噛み締めていた。

自分の三十数年のツキのない女日照りの人生も、この瞬間のために続いていたものだと考えれば救われた。

零細企業の出版社で、吹けば飛ぶような安月給で馬車馬のようにこき使われ、録画したナイターを唯一の愉しみに安酒でひとり晩酌し、自宅と会社を往復する生活の繰り返し。そこに女性との交際を考える余裕などなく、三沢は、ただ、単調な毎日を送るだけの日々だった。

三十二歳にして、僕は、奇跡を体験していた。

ソレイユ結婚相談所で出会った女神……岬まどかとの、初めてのデート。

僕は、狐に摘《つま》まれたような心境で、彼女と向き合っていた。

——こっちこそ、こんな私でいいんですか？　私なんて、お料理もできないし、わがままだし……。

まどかが、申し訳なさそうに言った。

——そんな、まどかさんみたいな若く美しい人が、僕とおつき合いしてくれるだけで信じられない気分なのに……とんでもないです。

三沢は、心のままを口にした。そして、恐れてもいた。

これは、夢なのではないだろうか？　と。

突然に闇が訪れて、眼が覚めて、一切が霧のように消えてしまうのではないだろうか？

と。

――あの……僕の、どういうところが、気に入ってくれたんですか？

思いきって、訊ねてみた。

三十過ぎの中年男で中肉中背で安月給で、特技なし、手に職なし、三流大卒の三重苦

――常識で考えてみても、三沢は、まどかのような素敵な女性がどうして自分のようなダメ男を好きになってくれるのかが理解できなかったのだ。

――三沢さんの、とても優しいところです。

まどかは、躊躇《ためら》いなく言った。

――でも、優しい男性なんて、大勢いるでしょう。

――ううん。そういう上辺だけの優しさじゃなくて、心から純粋な人っていうのかな

……とにかく、いままで、周りにはいないタイプの方なんです。

純粋、と言われても三沢にはピンとこなかったが、嬉しかった。いままでの人生で、女性はもちろんのこと、男性にさえも、褒められたことなど……もっと言えば、認められたこともなかったのだ。

——ありがとうございます。あなたのような素敵な女性にそう言ってもらえて、とても嬉しいですよ。

三沢の言葉に、俯《うつむ》き、耳朶《じだ》まで赤く染めるまどかをみて、心に誓った。どんなことがあっても、この女性だけは守ってみせる、絶対につらい目にあわせない、と。

ところが、どうだ。
つらい目にあわせないどころか、まどかはいま、得体の知れない犯罪集団の囚われの身になっている。
彼らが自分にやらせようとしていることは、立派な犯罪だ。
危険も一杯あるだろう。

人間としては、非人道的であることはわかっている。

が、背に腹は代えられない。

まどかを救うためなら、鬼にでも悪魔にでもなるつもりだった。

「ヘストフォーを、おしえへふれ」

テスト四を教えてくれ……渋く言ったはずが、鼻孔に突っ込まれたオールバック男の指で空気の漏れたおかしな発音になった。

が、眼には強い力を宿し、オールバック男の瞳を見据えた。

「ようやく、状況を認識したようだな」

オールバック男が、鼻血の付着する両の人差し指を三沢のワイシャツに擦りつけつつ、満足げな表情で頷いた。

「ちょうど、いい材料が揃っている。おい、車を停めろ」

オールバック男が停車を命じたのは、新宿通り沿い……アルタ前だった。

「テスト四の任務を命ずる。あそこにたむろしてるガキども……金髪頭の口髭を蓄えた奴の前歯を強奪してこい。時間は、特別に無制限だ。その代わり、きっちりと任務を遂行してこい。金髪野郎の前歯を持ってこられなかったら、俺が、婚約者の骨を代わりに持ってきてやる」

三沢は、リアウインドウの外に視線を投げた。

新宿通りを隔てたアルタ前の舗道では、いかにも悪そうな四人の少年が奇声を発して騒ぎ立てていた。

ガードレールに小便をかける者、ビルの外壁にスプレーで落書きをする者、しゃがみ込んでカップ麵を啜る者……そして、オールバック男が指名した金髪の少年は、ロケット花火を天に打ち上げ、腹を抱えて笑っていた。

酒でも呑んでいるのだろう、四人とも弾けまくっていた……というよりも、常軌を逸していた。

もしかしたなら、酒ではなく、ドラッグをやっているのかもしれない。

どちらにしても、普通なら、五メートル以内には絶対に近寄らない輩《やから》だった。

みな、イカれたような奴らばかりだったが、とくに、オールバック男がターゲットにした金髪の少年は、大柄で、狂気のオーラを発しており、ひと目でボス格であるのがわかった。

テスト四だけが、特別に時間無制限である理由……今回の任務は、過去の中で最高に難しく、危険なものだった。

あの四人の中に突っ込んで行くだけでも大変なことなのに、前歯を持ってくる……つまり、殴り倒して前歯を折らなければならないということだ。

一対一でも勝てそうもないのに、相手は四人なのだ。

常識で考えれば、絶対に不可能な任務だ。しかし、もう、そんな泣き言は言ってられない。

「いいか？　時間は無制限だといったが、騒ぎを起こせば警察が駆けつけてくるということを頭に入れておけ。俺らは、サイレンが聞こえた瞬間にすぐに消える。もちろん、その足で婚約者のもとに行って始末するのは言うまでもない。後日、遺骨を運んだときにお前も女のあとを追わせてやるから安心しろ」

そんな無茶な！

頼む、勘弁してくれ！

別の任務にしてくれ！

いままでだったら間違いなく口にしていただろう言葉を呑み下し、三沢は自らスライドドアを開けた。

冷たい夜気が肌を粟立《あわだ》たせる。もちろん、鳥肌の原因は夜風ばかりが理由ではなかった。

新宿通りを渡る三沢に、まずは小便をしていたガキ、次に落書きをしていたガキとカップ麺を啜っていたガキ、そして最後に、ロケット花火を打ち上げている金髪ガキが尖った視線を向けてきた。

いいカモが舞い込んできたと思っているのだろう、すぐに四人の唇の端が吊り上がった。

カモはお前らだ。

三沢は萎縮《いしゅく》しそうになる自分に鞭《むち》を打ち、金髪ガキの眼だけを見据えつつ歩を進めた。

逸らしそうになる視線——堪《こら》えた。

引き返しそうになる踵——踏ん張った。

金髪ガキとの距離はおよそ二メートルを切った。

故意に、まどかがオールバック男達に凌辱されている場面を想像した。

握り締めた拳が、ブルブルと震えた。

体内の血液が唐辛子をぶち込まれたようにカッカと燃え立ち、頭が熱くなった。

「なんだぁ、おっさん！　ガン垂れてんじゃ……」

最後まで、言わせなかった。

ダッシュして、三沢はガードレールを飛び越え、金髪ガキの顎を右の拳で打ち抜いた。

渾身《こんしん》の一発——金髪ガキが大の字に倒れた。

これまでの任務ならバンに駆け戻ればよかったが、今回はこれから始まるといってもいい。

「てめえ、なにすんだ！」

「おっさん、ふざけんじゃねえよ！」

「ぶっ殺すぞ！」

三沢は口々に喚き立て熱《いき》り立つガキどもの輪の中に突入した。

迷わず金髪ガキに馬乗りになり、拳を振り上げた――唇に叩きつけた。拳に衝撃。舞い上がる赤い飛沫《しぶき》。三沢は、金髪ガキの口をこじ開けた。

「こらっ、なにやってんだ、てめえはよ」

もみあげの長いガキが、三沢の右腕にしがみついてきた。

オールバック男が、まどかのスカートをたくし上げた。

「邪魔すんな！」

三沢はもみあげガキのみぞおちに肘鉄《ひじてつ》を食らわせた。

今度は耳ピアスガキが、左腕にしがみついてきた。

サングラス男が、まどかの乳房を鷲摑みにした。

「離せっ、この野郎！」

三沢は耳ピアスガキの横っ面に肘鉄を食らわせた。

鼻血を噴き出し仰向けになるふたりをみて、最後に残った眉細ガキが、青褪《あおざ》めて逃げ出した。

邪魔者がいない間に、前歯を頂かなければならない。

唇をこじ開けた。金髪ガキの前歯は、血塗《ちまみ》れになってはいるものの、まだ、歯肉にしっかりとこびりついていた。

もう一発、拳を打ち込んだ。指根骨に激痛が走った。たしかな手応え。

ふたたび唇をこじ開け、ぐらつく前歯を指先で摘み、引っ張った。

もともと健康な歯というのは、思ったよりも簡単に抜けないものだった。

おまけに、血でぬるつき、指先が滑り、力が入らなかった。

サングラス男がまどかのパンティを引き摺り下ろした。

「てめえ……なにしやがるんだ……」

「じっとしてろっ」

三沢は、起き上がろうとする金髪ガキの額を乱暴に押さえつけて固定すると、強引に口腔に突っ込んだ拳をグルグルと回した。

もみあげガキと耳ピアスガキが、のろのろと起き出し息を吹き返した。

サングラス男を突き飛ばしたオールバック男がスラックスとブリーフを引き下ろし、まどかの股間に腰を埋めた。

「うりゃあーっ！」

三沢の絶叫と金髪ガキの悲鳴が交錯《こうさく》した。

前歯を摘む指に力を込め、気合いとともに下に引っ張った。

ぶちり、という音とともに、歯肉から前歯が引き千切られた。

「待てや、この野郎っ」

「こらっ！」

追い縋《すが》ろうとするもみあげガキと耳ピアスガキを振り切り、三沢はふたたびガードレールを飛び越え、新宿通りを突っきった。

修羅の形相で追いかけてくるふたり――バンまでの僅か十メートルの距離が、百メートルにも二百メートルにも感じられた。

スライドドアが開いた――三沢はリアシートに飛び込んだ。

すぐさまスライドドアが閉まり、急発進した。

「任務を……遂行……した」

三沢は息を乱しながら、握り締めた金髪ガキの前歯をオールバック男に差し出した。

「よくやった。合格だ」

あっさりと言い放《はな》つオールバック男の言葉に、三沢は狐に摘まれたような気分になった。

まどかを守れたという安堵感とつらかったテストを合格したことに、不意に、止めどなく涙が溢れ出してきた。

坊主女とサングラス男の冷たい視線も気にせず、三沢は、シートに突っ伏し号泣した。

☆　☆

躰が右に左に揺れた。漆黒《しっこく》の視界が、三沢を不安にさせた。

テスト四で合格したあと、三沢は目隠しをされていた。

どこへ連れて行かれるのか、恐怖だった。

喜びも束の間……涙も乾かないうちにとは、このことだった。

「どこへ行くんだ？」

最初のときと同じ――三沢の問いに、誰ひとりとして口を開かなかった。

「おい、いったい……」

急ブレーキ。躰が前のめりになった。

「着いたぞ」

オールバック男とともに、急に視界が明るくなった。

青黒い視界――雑木林の中に緩やかなカーブを描く穏やかな一本道に、不似合いな雑居ビルが建っていた。

サングラス男、三沢、オールバック男の順にバンを降りた。

「ここは、どこだ？」

「仲間に会わせてやる」

オールバック男は短く言うと、雑居ビルに向かって歩き始めた。

「仲間……？」

三沢は、首を傾げながらもあとに続いた。

間近でみると雑居ビルは老朽化しており、かなり築年数が経っていた。

薄暗いエントランスに足を踏み入れた。メールボックスはベコベコに凹《へこ》み、大量のゴミが溢れていた。

無人の管理人室の小窓のガラスは罅《ひび》割れていた。

この雑居ビルは、廃墟と化していた。

「以前は、山小屋を気取った進学塾かなにかが入ってたらしいけど、とうの昔に潰れたんだって」

坊主女が、肩を竦めて言った。

一行は、地下へ続く階段を下りた。

「そんなことはどうでもいいが、仲間って、どういう……」

「ほら、会わせてやるよ」

オールバック男が赤銅色《しゃくどういろ》に錆びついたドアの前で立ち止まり、ノブを回した。

よれよれの破れた濃紺のスーツ姿の四十絡みの男、泥に塗れたワンピース姿の二十代半ばの女、筋骨隆々の汗みどろの上半身をランニングに包んだ三十代の男……ドアが開いた瞬間に視界に飛び込んできた三人に、三沢は息を呑んだ。

「今日からこの三人と生活をともにしてもらう」

オールバック男の言葉に、三沢は放心状態で立ち尽くし、三人の顔をまじまじとみつめた。

4

　コンクリート壁に囲まれたひんやりとした空間、どこかで弾ける水滴の音、明滅する蛍光灯……三沢は地下室の入り口に立ち尽くし、陰気な空間を呆然と見渡した。

　出入り口のドアと対面になる壁際に設置されたパイプ製の二段ベッドが二台、コンクリート床にポツンと置かれた背の低い冷蔵庫が一台。

　生活必需品の存在が、この地下室の異様さをいっそう際立たせていた。

　冷蔵庫やベッドばかりが、異様な空気を演出しているわけではなかった。

「君達も、彼らに捕まったのかい？」

　三沢は、まるで新しく家に連れてこられた二匹目のペットを敵意と好奇心と不安の入り交じった瞳でじっとみつめる先住ペットのような視線に耐え切れず、三人に訊ねた。

　横一列に並んだ、よれよれスーツの四十男、泥塗れワンピースの二十代半ば女、汗みどろランニングシャツの筋骨隆々三十代男は、三沢の声が聞こえないというふうに、微動だにせず、みつめ続けていた。

　左から、よれよれスーツは公務員、泥塗れワンピースはデパートガール、汗みどろランニングシャツは建築作業員。

三沢は見当をつけた。

なんという、アンバランスな顔触れだ。

自分は、三人の眼にどう映っているのだろうか？

一見、気弱にみえるが、その実、切れ者編集者？

それとも、うだつがあがらなくみえるが、その実、凄腕実業家？

はたまた、平凡な男にみえるが、その実、腕の立つＳＰ？

しかし、三人とも、ひどい格好だ。

他人《ひと》のことは言えない。

自分とて、スーツの肘と膝は破れ、ネクタイはちぎれかけ……そう、多分、相当にやつれた顔をしているに違いなかった。

「どこで、さらわれたんですか？」

三沢は、よれよれスーツ男に、仲間意識をアピールするように問いかけた。

敬語を使っているのは、恐らく自分よりも歳上だと思ったからだった。

乱れた七三わけの髪、眼鏡越しの腫れぼったい一重瞼に下脹《しもぶく》れの頰——無言。

「テストとか言って、あいつを殴ってこいとか、あれを盗んでこいとか、命令されませんでした？」

気を取り直して、三沢は汗みどろランニングシャツ男に問いかけた。

彼は同年代にみえたが、敬語を使っているのは、いかにも短気丸出しで、怒らせたら怖いと思ったからだった。

筋骨隆々の厳《いか》つい肉体、狂犬のような鋭い眼光――無言。

「君は、自分の意思でここにいるの？」

少しばかり意地になった三沢は、泥塗れワンピース女に問いかけた。

そんなはずはない、ということはわかっていた。

絶対にありえない質問をして、反論させる作戦に出たのだった。

扇情的に張り出した腰と胸、零れそうな大きな瞳――無言。

三人は、オールバック男に声帯除去でもされたのではないか？

そんな皮肉を言いたくなるくらいに、沈黙のオンパレードだった。

「馬鹿言うんじゃねえっ」

ようやく、口を開いてくれた。

だが、三沢の問いかけに答えたのは、泥塗れワンピース女ではなく汗みどろランニング男だった。

「自分から進んで、こんなとこにいるわきゃねえだろうが？　てめえ、ふざけてんのか⁉」

「まあまあ、土方《ひじかた》君、落ち着いて。彼も、悪気があってのことではないんだろうから、許してあげなさい。さ、立ち話もなんだから、とりあえず座ろうじゃないか」

生《は》えかけの顎鬚のような一厘刈りの頭から湯気でも出さんばかりの勢いで熱り立ち、三沢の襟首を摑む汗みどろランニングシャツ男——土方を、よれよれスーツ男が諭すように言うと、壁際の二段ベッドに足を向けた。

隣同士に並ぶ二段ベッドの下段に、よれよれスーツ男と土方、三沢と泥塗れワンピース女が向かい合う格好で座った。

「役所《やくしょ》さんの言うとおりだと思うわ。この人も、きっと、私達と同じような目にあってるんじゃないかしら。でも、また、ライバルが増えたってことね」

よれよれスーツ男——役所に同調してはいるものの、表情を曇らせる泥塗れワンピース女。

ショートカットの髪がよく似合う小顔。泥塗れワンピース女は、顔立ちのかわいさに似合わず、さばさばとしていた。

しかし、ライバルが増えたとは、いったい、どういう意味だ？

「メイ子ちゃん、考え過ぎだって。こんな腰抜け、ライバルになりもしねえよ」

土方が、泥塗れワンピース女——メイ子に向かって手を振り吐き捨てた。

土方の性格。みかけ通りの短気だ。

「僕が、君達のライバル？　なぜ？　同じ被害者同士じゃないか？」

土方の侮辱に気づかないふりをし、メイ子に疑問をぶつけた。

「たしかに、私達には大事な人質を取られているという共通点があるわ。お互いのつらさを、わかち合うこともできる。だけど、あいつらは、テストを重ねていくうちに最も優秀な人間をひとりだけ選ぶつもりなのよ」

「最も優秀なひとり？」

三沢は、はだけたワンピースの胸もとから覗くメイ子の豊満な乳房の谷間に吸い寄せられる視線を、慌てて瞳に移した。

さっくりとした性格とはアンバランスなグラマラスボディに三沢は狼狽《ろうばい》した。なにを卑猥《ひわい》なことを考えている？　自分には、まどかという最高に魅力的な女性がいるのだ。

「そう。任務を与えられ、人質を解放してもらえるチャンスを摑めるのはひとりだけ」

「でもさ、出来が悪くて、任務を与えられないほうがいいんじゃないの？　だって、そしたら多分、解放されるんだし」

「私は、君が羨《うらや》ましいよ」

役所が、ため息交じりに言った。

「僕が？」

「任務から外された者は、奴らにとって秘密を知り過ぎた要注意人物でしかない。お前は脱落者だ。もう、家に帰ってもいいぞ、なんて言うと思うのか？　楽観的というか無知というか、とにかく、君のように物事を浅く考えられる人間になりたいよ」

首を小さく振りながら、ふたたび、大きなため息を吐く役所。

よく聞いていると、役所は自分を羨ましいなどと言いながら馬鹿にしているようだった。

役所の性格。一見穏やかにみえて、その実、かなりの嫌み人間だ。

三人の中で、まともなのはメイ子だけだ。

「じゃあ、生き残れるのは、ひとりだけ……？」

「あくまでも、建て前上ではそうなってるけど、あいつらが約束を守るとは思えないわ」

メイ子が、美しい眉を悲痛に歪《ゆが》めて唇を噛んだ。

彼女は、いったい、誰を人質に取られているのだろうか？

自分と同じように、誰かを殴ったり物を奪ったりのテストを命じられたのだろうか？

なにより、オールバック男達の目的がヒットマンを作り上げることなら、なぜ、女性をさらったりしたのだろうか？

だろうかだろうかが、頭の中で渦巻いた。

「あの、あなた達は、どんな状況で、ここへ連れてこられたのですか？」

三沢は、三人に訊ねた。

本当は、メイ子にたいしての「だろうか？」だけを知りたかったのだ。

「そんなこと、なんでてめえに言わなきゃならねえんだよ？」

土方が、敵愾心《てきがいしん》を隠そうともせずに牙を剝《む》いた。

「まあまあ、土方君。これからしばらくともにする仲間なんだから、仲良くしようじゃないか。彼みたいな超ポジティヴシンキングの仲間の加入は心強いばかりだよ」

銀縁眼鏡を中指で押し上げながら、役所がレンズの奥の細い眼をいやらしく細めた。

本当に、嫌みな男だった。

「しようがねえ。気は進まねえけど、俺達と同じ立場だってことに免じて教えてやるよ」

土方が、恩着せがましく言った。

別に、あんたの話なんて聞きたくはない。

もちろん、口には出さなかった。

「ある日の朝、現場に向かう途中で、俺はいきなり頭を殴られて、目の前が真っ暗になった。気がついたときには、車の中だった。自分勝手な指示を出すリーダー格の男、不気味で無口な男、坊主頭のおとこ女……反撃に出ようとした俺の鼻先に、奴らはロープで縛られている達也《たつや》の写真を突きつけてきやがった。指示に従わなければ達也の命はない。さすがの俺も、手も足も出なかった。いや、出せなかった。無関係な人間を人質に取り、無関係な人間に殺しをやらせる。卑劣な奴らだぜ……」

土方が、握り拳と声を震わせた。

粗暴と野蛮の間に生まれたような土方のことを好きではなかったが、気持ちはわかる。

「これが、達也だ」

土方がダボダボの作業パンツのヒップポケットから取り出した定期入れを、三沢の目の前に翳した。

定期入れの中には、二十代前半と思《おぼ》しき若い男性の写真が入っていた。

薄茶色のウエーブのかかった長髪、色白の肌、整った目鼻立ち……どこかの店でカクテルグラスを掲げて微笑む達也という青年は、土方の弟に違いなかった。

野獣と貴公子……それにしても、似ても似つかない兄弟だった。

さぞや、自慢の弟なのだろう。

「弟さんに、会いたいでしょう？」

三沢は、感情の籠《こも》った声で訊ねた。

婚約者と弟という違いはあったが、最愛の人間の身を案ずる点では同じだ。

「誰が弟だって言った？」

「え……でも……」

「達也は俺の恋人だ」

「恋人⁉」

三沢は思わず頓狂な声を上げた。

「ああ、俺はゲイだからな」

土方が、気後れも恥ずかしさも微塵《みじん》も感じさせない調子でカミングアウトした。

「……」

三沢は絶句した。

ふたりが兄弟ではないという事実を聞いて、ある意味納得したが、まさか、土方がゲイだったとは驚いた。

ゲイということは、当然、女ではなく男に興味があるということ。

たしかに、アメリカの映画などでは、同性愛者の男性はムキムキのマッチョマンタイプが多いような気がした。

「心配するな。ゲイにも好みってもんがある。お前は、全然タイプじゃねえ……」

「私は、娘を人質に取られている」

役所が、土方の言葉を遮るように切り出した。

「私は区役所に勤めているんだが、印鑑証明を取りにきたサングラスの男に印鑑登録カードの提出を求めたら、奴は、椅子に縛りつけられている若い女性の写真を出してきた。その少女が娘だとわかった瞬間、私は、頭の中が真っ白になったよ。奴は、私に外へ出るように命じた。正直、怖かったよ。どこの誰だか、わからない奴についていくわけだからね。

でも、私には選択肢はなかったよ。たとえ連れて行かれる場所が、銃弾が飛び交う戦場であってもね」

役所が、悲痛な顔で声を震わせ下唇を噛んだ。

嫌みで好きになれない男だが、このときばかりは気持ちが通じ合えたような気がした。

娘と婚約者の違いはあっても、「大切な宝物」の命を盾に脅かされている、という点においては自分も役所もまったく同じ状況だ。

銃弾が飛び交う戦場であろうがピラニアが蠢《うごめ》くアマゾン川の中だろうが、行けと言われれば行くしかないのだ。

土方もそうだ。恋人が同性であっても、彼にとっては最愛の人物を人質に取られていることに変わりはない。

三沢は、心の底から、彼らにたいして親近感を覚えた。

「君は？」

三沢は、さりげなく、といった感じでメイ子に水を向けた。

本当は、彼女がここへきた原因を一番に知りたかったのだ。

「私の場合、ふたりと違って人間じゃないのよ」

「え？」

「ガンジーがさらわれたのよ」

「ガンジー？　あの、聖人のガンジーですか？」

「違うわ。そのガンジーは人間でしょう？　犬なの。私の愛犬よ。雄のブルドッグなんだけど、ある朝、急にいなくなっちゃって。私、メイクアップ・アーティストなんだけど、役所さんと同じで、職場に現れた女性……っていうか、坊主頭の大きな女の人が、いきなり私の腕を引っ張ってどこかへ連れて行こうとしたの。もちろん、抵抗したわ。でも、柵に入れられたガンジーの写真をみせられちゃって……」

メイ子が、その大きな瞳を涙に濡らした。

正直、たかが犬、という気持ちは拭えなかった。

もしさらわれたのがまどかではなく犬だったなら、どんなに幸せなことだろう。

が、そんなことは口が裂けても言えなかった。

それに、ほかの人間にとってはたかが犬でも、メイ子には大事な家族に違いなかった。

「許せねえ……絶対に、許さねえ」

土方が、握り締めたサザエのような拳を己の太腿に叩きつけた。

一瞬、自分に怒っているのではないかと肝を冷やしたが、すぐに、それがオールバック男達に向けられているのだとわかりほっとした。

「あの、みなさんも、やっぱり、ターゲットは志賀雪子というモデルなんですか？」

土方の激憤が自分に飛び火する前に、三沢は話題を変えた。

「ああ、ヤクザの親分の娘であり、モデルであり……だろ？」

役所に、三沢は頷いてみせた。

「奴らは、何者なんでしょうか？」

三沢は、最大の疑問を口にした。

一政会の親分の娘をターゲットにすることから推測すれば、オールバック男達がヤクザであると考えるのが妥当だ。

組同士のイザコザで組織とは無関係のヒットマンを雇い、抗争相手の命を狙うというのは、ありがちな話だ。

だが、どうしても納得できないのは、親分そのものではなく、娘をターゲットにしているという点だ。

「さあね。まあ、奴らがヤクザだろうが神父だろうが、人質を取られている以上、従うしかないんだよ」

役所が、投げやり気味に言うと肩を竦め、よれよれのスーツのポケットから煙草を取り出し火をつけた。

「喫煙者には日に三本の煙草とミネラルウォーターが一本支給される」

三沢の視線に気づいた役所が説明した。

うまそうに紫煙をくゆらせる役所に、肺がニコチンを求めて疼《うず》いた。

「因《ちな》みに、私みたいに煙草を吸わない者には、これが支給されるってわけ」

メイ子が、チョコレートを宙に翳した。

今度は、胃袋が鳴った。

考えてみれば、まどかとディナーを食べる前にさらわれたので、もう、十時間以上もなにもお腹に入れてなかった。

「過度のストレスは任務に支障があるとかなんとかぬかしやがって……まったく、ナメた野郎どもだぜ」

ミネラルウォーターをガブ飲みしつつ、土方が吐き捨てた。

そして最後に、喉が渇きを訴えた。

「僕達は、なにをやらされるんでしょう？」

三沢は、肺の疼きと空腹と喉の渇きから意識を逸らして訊ねた。

「四人枠の最後……つまり、君が現れてから訓練は始まるということなので、私達もまだ、なにをやらされるかはわからないんだよ。それにしても、日に三本と決められた煙草は、格別にうまいねぇ」

役所が、これみよがしに肺奥深くに吸い込んだ紫煙を、窄めた唇からゆっくりと吐き出した。

「みなさんは、どうする気なんですか？　このまま、奴らのいいなりになって訓練に明け暮れるつもりですか?」

「んなわけねえだろうがよ。訓練で脱落しても消される。合格して任務をやり遂げたら口封じで消される。このまま指をくわえて、殺されるのを待つなんて冗談じゃないぜ。どんなことがあっても、俺らで力を合わせてここから抜け出してみせる」

「土方さんの言うとおりだわ。どっちみち、私達は使い捨ての駒にされるだけの話よ。みんなで力を合わせれば、なにかいい案が出てくるかもしれないじゃない」

メイ子が瞳を輝かせ、アイドル顔負けの白く丈夫そうな歯でチョコレートを齧った。

腹の虫が、せつなげに音を立てた。

「被害者同士が奴らのために争うなんて馬鹿げている。奴らが私達の弱みを摑んで従わせようというのなら、こっちも、目には目をだ。敵の弱みを、握り返してやろうじゃないか」

役所の言葉に、ふたりが大きく頷いた。

さすがに年の功だけあり、なかなかいいことを言うものだ。

「さあ、明日は十時起きで訓練の説明があるそうだ。そろそろ、消灯にしよう」

三沢には、消灯の時間が決まっていないことが意外だった。

ハリウッドスターがよくやるような、「囚われの身の映画」では、時間がくれば強制的に電灯が消され、囚人同士がこんなにべちゃくちゃ喋っていれば、間違いなく看守か誰かがすっ飛んできて怒声を浴びせられ、それでもおさまらなければ警棒でぶん殴られるというイメージが強かった。

だが、ここでは、一日三本とはいえ喫煙も認められているし、寝る時間も決められておらず、起床時間が十時というのもずいぶんとゆっくりしている印象がある。

「思ったより、ガチガチの規則じゃないんですね」

「そう思うか？」

役所が、意味ありげに口角を吊り上げた。

「だって、消灯の時間もないし朝もゆっくりだし……」

「新入り君。ほんっとうに、君のポジティヴシンキングが羨ましいよ」

役所の言葉に、土方が意地の悪い笑みを浮かべた。

「新入りさん。気を抜いたらだめよ」

ふたりとは対照的に、メイ子が強張った顔で忠告をしてきた。

三沢の中で、不安がムクムクと肥大した。

「いったい、なにが……」

「さ、寝よう」

役所が三沢の言葉を遮り、電灯を消した。

「ちょ、ちょっと……」

三沢を置き去りに、三人はそそくさとそれぞれのベッドへと横になった。

夜の墓場にひとり取り残されたとでもいうように、慌てて三沢も二段ベッドの下段に潜《もぐ》り込んだ。

因みに、三沢の真上は役所、隣は土方、土方の上はメイ子となっていた。

精神も肉体もボロボロになっているはずなのに、眼が冴えていつまで経っても睡魔が訪れそうになかった。

三沢は、薄っぺらな毛布を頭から被《かぶ》り、必死にまどろみを呼び寄せようとした。

ベタな方法で羊を数えた。
十四、二十四……五十四……百匹……羊の数が増えるほどに、頭がクリアになってゆく、鮮明に、はっきりと……。

「太一さん、どうしたの？　眠れないの？」

声がした。聞き覚えのある鈴を鳴らしたような可憐な声……もしかして！

三沢は、毛布を蹴り飛ばし、上半身を起こした。

「なにか、悩み事でもあるの？」

吸い込まれそうな瞳、白く瑞々《みずみず》しい肌、苺を齧ったような赤い唇……まどかが心配そうに、三沢をみつめていた。

「まどか……まどかじゃないか！　無事だったのかい⁉」

「誰かが警察に通報してくれて、それで、助かったの」

「そうか……そうだったのか……よかった……本当によかった……」

三沢は立ち上がり、まどかのほうへ歩み寄った。

まどかは、三沢が距離を詰めたぶんだけ後退りした。

「どうしたんだい？　僕がディナーの約束をすっぽかしたから、怒ってるのかい？」

三沢は、ふたたび足を踏み出した。

「ううん、怒ってなんかないわ」

まどかが、ふたたび後退した。

「じゃあ、どうして、僕を避けるんだい？」

「違うの……避けてるわけじゃないの。ただ……」

「ただ？」

三沢は息を止め、まどかの唇が開くのを待った。

「ただ……太一さんのそばにいて、巻き込まれるのが怖いの」

まどかが、涙袋をヒクヒクとさせながらうわずる声で言った。

「巻き込まれる？　怖い？　おい、まどか……それは、どういう意味……」

背後で、激しくドアが叩きつけられる衝撃音がした。

青白い蛍光灯が視界を灼いた。目の前に広がる天井。

さっき、まどかに起こされたはず。

そのまどかはどこにもいない。代わりに、ふたりの男とひとりの女の姿が眼に飛び込んできた。

ふたりの男……役所と土方。ひとりの女……メイ子。

どうやら、夢をみていたようだ。

腕時計の文字盤に視線を落とした。

午前五時十一分。起床は十時。なぜ、彼らは起きているのだ？

「トレーニングーだ。このボールは銀行強盗対策のグッズで、ペンキが仕込まれている。誰でもいい。自分以外の相手にヒットさせろ。被弾しない者にポイントを与える」

擡《もた》げた首を、後方に巡らせた。

ドア口に佇むオールバック男。両脇を固める坊主女とサングラス男が、カラフルなボールが山盛りに入っている三つの籠《かご》をフロアに点々と置いた。

「スタートだ！」

オールバック男の合図とともに、役所と土方とメイ子が血相を変えて籠に向かって突進した。

トレーニングー？　銀行強盗対策のグッズ？　ペンキの仕込まれたボール？　ポイント

を与える？

アルファ波でぼやけた脳内にいくつもの疑問符が交錯する。

眼を血走らせた土方が大きなモーションで振りかぶり、三沢にボールを投げつけた。

咄嗟《とっさ》に、両足で毛布をボールに向かって跳ね飛ばし、ベッドから転げ落ちた。

「待ちなさいっ」
四、五メートルほど離れたところでは、役所が七三髪を振り乱し、メイ子を追いかけ回していた。
「近寄んないでよ！」

メイ子が立ち止まり、振り向き様にボールを放った。

役所がみかけによらぬ俊敏さで、膝を折り曲げ頭上でボールをやり過ごした。

「やられてたまるか！」

役所が唸《うな》り声を上げ、メイ子にボールの速射砲を浴びせた。

「私だって、やられるわけにはいかないのよ！」

メイ子がその愛らしい顔を般若《はんにゃ》の形相に変え、激しく応戦した。

「おらっ、てめえ、逃げんなや！」

土方が、まるで親の敵《かたき》だとでもいうように憎悪にたぎる眼で三沢を睨みつけ、青いカラーボールが握られた右腕を振り上げた。

――どんなことがあっても、俺らで力を合わせて逃げ出してみせる。

――みんなで力を合わせれば、なにかいい案が出てくるかもしれないじゃない。

――被害者同士が奴らのために争うなんて馬鹿げている。

あの言葉は、いったい、なんだったんだ？

結束を誓い合う三人のセリフが、三沢の青褪めた脳裏に冷え冷えと谺《こだま》した。

5

誤爆した赤、青、黄のペイントが花火のように散るコンクリート壁に囲まれた室内に、激しい息遣いが交錯していた。

床に直《じか》に座りうなだれる役所、土方、三沢の衣服は壁同様にペンキに塗れていたが、メイ子だけはきれいなままだった。

就寝している三沢達のもとにいきなり踏み込んだオールバック男達が行った抜き打ちトレーニングは、銀行強盗対策のカラーボールを互いにヒットさせ合うこと――メイ子が役所を仕留め、絶体絶命の危機に陥った三沢が寸前のところで土方を撃退した。

トレーニング一は、安堵の吐息を漏らしへたり込んでいた三沢の背中にメイ子のカラーボールが命中したところで終わった。

このトレーニングの勝者……一ポイントを獲得したのはメイ子ということになった。

――暗殺という任務に予定調和はない。敵の反撃にあうかもしれないし、襲撃に気づき逃げ惑うターゲットを仕留めなければならないこともある。我々の任務に必要なのは、力じゃない。いつ、いかなる状況においても平常心を保ち、的確にターゲットを仕留めるという冷静な判断力と機転のはやさだ。

勝者が決した直後、オールバック男は抜き打ちトレーニングの目的を告げた。

三沢は、彼の説明を聞き、なぜ、男の中にメイ子が交じっているのか理由がわかった。

「話が……違うじゃないですか……」

三沢は、絞り出すような声で言った。

「あ？　なに言ってんだ？」

仰向けになり厚い胸板を上下させていた土方が、首だけ擡げて訝《いぶか》しげに言った。

「力を合わせるだとか奴らのために争うのは馬鹿げているとか言いながら、さっきのは、なんなんですか⁉　みんな、親の敵みたいな物凄い形相をして相手にボールをぶつけようとして……」

三沢は声を震わせ、唇を噛んだ。

トレーニングでメイ子に負けたことが悔しいわけじゃない。

みなの綺麗事を信じた自分のまぬけぶりが情けなく、とても、惨めだった。

「新入り君。君は、練乳のような男だね」

ミネラルウォーターのペットボトルを傾けていた役所が、出前のチャーハンのスープ並みに冷めた眼を向けてきた。

「練乳？」

「そう、甘い甘ぁーい、練乳だ。童貞のニキビ青年じゃあるまいし、なに甘えたことを言ってるんだね」

嫌みっぽく唇を捩《ね》じ曲げて薄笑いを浮かべる役所――土方とは違った意味で、どうしてもこの男のことは好きになれそうもない。

「だって、君達はみんなで力を合わせてここから逃げ出そうと言ったじゃないか⁉」

「あーあーあー、君の言葉を聞いていると甘過ぎて虫歯になりそうだ」

役所が、わざとらしく頬を押さえて眉をしかめてみせた。

「ちょっと、自分達の嘘は棚に上げて人を馬鹿にするのは……」

「みんなで力を合わせてここから逃げ出そうって言ったのは、嘘じゃないのよ」

それまで黙って話を聞いていたメイ子が、三沢の言葉を遮った。

「じゃあ、さっきの件はどう説明するんだい？」

三沢は、メイ子の爆乳に行きそうになる視線を必死に顔へ上げた。

「考えてみて？　あの咄嗟のトレーニングで、私達になにができたって言うの？　打ち合わせもできてなくて足並みも揃ってない状態でへたな動きをしたら、どんな目にあわされるかわからないでしょう？　つまり、いつ、どんな方法で逃亡するかの計画を立てるには、情報が必要ってわけ」

「情報？」

「そう。情報よ。この建物の造りはどうなってるか、見張りはどの位置に何人いるのか……とか、まずはそういうことを把握してからじゃないと、計画は立てられないわ」

「なるほど」

三沢は、納得した。

たしかに、ここがどこなのかさえわからない状況下では、力を合わせて逃げ出そうにも話にならない。

「その情報とやらを把握するには、どうすればいいのかな？」

三沢の心は、一刻もはやくここから抜け出すことばかりに囚われていた。

「それが簡単にわかりゃ、苦労はしねえよっ。本当にお前は、くそ馬鹿野郎だ！」

呼吸が落ち着いたのか、土方がむっくりと起き上がり、お決まりの怒声を浴びせかけてきた。

「まあまあまあ、土方君、抑えて、抑えて。この新入り君が浅はかで、少々抜けていて、世間知らずのお気楽者なのはわかるが、くそ馬鹿野郎は言い過ぎだと思うよ。人それぞれ顔形が違うように、頭の回転も違うんだから、彼のペースにも合わせてあげないとね」

「なっ……あなたのほうが、よっぽどひどいことを言ってるじゃないですか！」

三沢は睡眠不足も疲弊《ひへい》も忘れてすっくと立ち上がると、気色ばみながら役所を指差した。

そう、この男は、出会ってからずっと、土方やメイ子の言葉尻に乗って自分を遠回しにいやらしく攻撃してきていた。

ひと言でたとえると、陰湿極まりない男だった。

「私の親戚が犬を二匹飼っているんだが、そのうちの一匹はシェパードで、賢くおとなしくて、いつもゆったり構えていて、しかし、不審者がくると猛然と吠え立て勇敢に立ち向かってゆくんだよ。もう一匹はチワワでね。こっちのほうは、家族とか友人とか顔を覚えている者にたいしてはキャンキャンキャンキャン吠え立てるが、いざ、新聞の勧誘みたいなコワモテが現れると、石を捲《めく》られたゴミ虫みたいに飼い主の陰にこそこそと隠れて震えているんだ。やっぱり、世界の警察犬と、軽量化ばかりに拘《こだわ》って近親交配を推し進めた結果、物覚えが悪く、先天的に異常がある愛玩犬じゃ、同じ犬でもレベルの差がヨーロッパの五つ星ホテルと山谷の木賃宿くらいはあるね」

唐突に話の流れとは無関係の二匹の犬をたとえに出した役所の目的——つまり自分が、空威張り&臆病&先天的な異常のある愛玩犬、ということを言いたかったのだ。

「あんた、僕を馬鹿にするのもいい加減に……」

「ふたりとも、やめなさいよ。いまは、仲間割れしてる場合じゃないでしょう？」

メイ子が、三沢と役所を窘めた。

「メイ子ちゃんの言うとおりだ。たしかに、新入り君と遊んでる場合じゃない。いいアイディアがあるんだが、聞いてくれないか？」

役所が急にまじめな表情を作り、みなを手招きした。

役所を囲むように、土方、メイ子、そして三沢が顔を寄せ合った。

メイ子は汗塗れのはずなのに、とてもいい匂いがした。

「三人のリーダー格である大鶴に狙いをつけるのさ」

リーダー格の大鶴……オールバック男のことに違いない。

「大鶴に狙いを？　いったい、どうするつもりだ？」

土方が、興味津々といった顔で訊ねてきた。

「我々は、それぞれ大事な人間を人質に取られている。互角の条件にするには、目には目をでいくしかないと思ってね」

「目には目をって……まさか、大鶴を人質にする気？」

眼をまん丸にして頓狂な声を出すメイ子に、役所が頷いてみせた。

「そんなの、無理に決まってる。不気味なサングラス男と坊主頭のおとこ女が黙ってるわけないじゃないか」

三沢は、吐き捨てるように言った。

もう、役所に敬語を使う気はなかった。

「そんなのは、君じゃないんだから百も承知だよ。大鶴を人質にするには、周到なシナリオを描かなければならない」

役所が、三沢を鼻で笑い、土方とメイ子に瞳を向けた。

「シナリオなんかいらねえ。大鶴の野郎をボコボコにしちまえばいいんだよ」

土方が単純馬鹿丸出しに、サザエのような拳をグローブのような掌《てのひら》に叩きつけながらこめかみに青筋を浮き立たせた。

「だめよ。あっちは拳銃やナイフを持ってるんだから、返り討ちにあってしまうわ」

「おいおい、俺の腕をみくびってんじゃねえのか？　チャカやナイフを突きつけられて、俺がビビるとでも思ってんのか？」

「そういう問題じゃなくてさ、あなたはよくても、ほかの誰かが被害を受けるかもしれないでしょ？　もっと、チームワークを考えてくれなきゃ」

「生意気なこと言ってんじゃゃ……」

「まあまあ、土方さん、抑えて抑えて。大鶴への制裁は、いずれ誰かがやらなければならない。その際は、あなたに任せるから。まずは、大鶴に警戒心を抱かせないように呼び出し、配下のふたりと切り離すことが先決だ。そのためには、メイ子ちゃん、君の働きが重要なんだ」

役所が、意味ありげな視線をメイ子に向けた。

「私がなにをするの？」

「誘惑するんだよ」

「え⁉　やだよっ、そんなの！」

「シッ、声が大きい。奴らに聞こえたらどうするんだ」

役所が唇に人差し指を立て、メイ子を窘めた。

「だって……」

メイ子が、不服げに唇を尖らせて言った。

たしかに、メイ子のようなキュート＆ナイスバディな女のコから迫られれば、どんな男の理性も吹き飛び、下半身を熱くさせることだろう。

さすがの大鶴も、彼女のピンクフェロモンに隙をみせるかもしれない。

だが、だからといって、そんな風俗嬢みたいなまねをメイ子にさせるなど、役所は血も涙もない女衒《ぜげん》のような男だ。

「僕は反対だな。いくら助かりたいからといって、彼女に肉体を開かせてまで……」

「どうすればそう低次元で卑しい発想になるんだろうね。私の言っている誘惑というのは、なにも、肉体がどうのこうのとか、そういう意味ではないんだよ」

「じゃあ、どういう誘惑なんだ？」

「とても困っていることがある、と相談を持ちかけさせるんだ」

「どんな相談だ？」

隙あらば揚げ足を取ってやろうと、三沢は虎視眈々《こしたんたん》と狙っていた。

「就寝時に痴漢行為にあっている、ということにする。電気が消えてみなが寝静まると、その犯人は、メイ子ちゃんの躰を触りまくるんだ。メイ子ちゃんは怖くて、声も出すことができず、じっと我慢しているしかない。そこで大鶴に、部屋が暗くなったら、そっと様子を覗きにきて、痴漢魔を現行犯で捕まえてほしいとお願いするというわけだよ」

「そんなの、配下のふたりに任せたらどうするんだ？」

「そこで、メイ子ちゃんのフェロモンの出番だ。大鶴をじっとみつめ、気があるような素振りをする。あなたに守ってほしいの、って感じでね」

役所が、女言葉で説明しながら、三沢の顔をじっとみつめた。

演技だとはわかっているが、あまり気持ちのいいものではなかった。

「大鶴をうまく協力させられても、そのあと、どうするの？」

メイ子が、不安げに訊ねた。

「痴漢魔に全意識が集中している大鶴を、みなで押さえ込むのさ。ここからが、土方さんの出番だ。大鶴を徹底的に拷問《ごうもん》し、人質の居場所を吐かせる。誰に遠慮することはない。

もう、思う存分に痛めつけてやってほしい」

「そうこなくっちゃな！　あーはやく、あの野郎をめちゃめちゃにぶん殴ってやりてぇっ」

土方が、腕まくりをして拳を床に叩きつけた。

まるで、獣のような男だった。

「大鶴を呼び出すのはやってもいいけど、人質の居場所を教えてくれるかしら？」

首を傾げるメイ子。

三沢も同感だった。

あの三人の中ではリーダー格かもしれないが、大鶴に指示を出している黒幕がいるに違いなかった。

組織の秘密を漏らせば非常に危険な立場になるだろうことは容易に想像がついた。

「彼女の言うとおりだ。それに、長時間戻ってこない大鶴を不審に思った配下が捜しにきたら、どうするつもりなんだ？」

ここぞとばかりに、三沢は役所を責め立てた。

彼にはさんざん馬鹿にされてきて、鬱憤が溜まっていたのだ。

「君が考えつくようなことを、私が頭に入れてないとでも思ってるのか？　いいとこ、一時間。それを過ぎたら、配下は様子をみに現れるだろう。そうなったら、強硬手段だ。大鶴を人質にして、配下のふたりを言いなりにさせるしかない。さすがにボスが囚われの身になっていたら、ふたりも我々に手出しはできないはずだからね。あとは、時間をかけて大鶴を吐かせるだけだ。もちろん、リスクは承知の上だ。だがね、この状況下では、多少の危険を覚悟しなければなにも始まらない。それとも、ほかに、なにかいい方法があるのなら聞かせてもらおうか？」

一々、癪《しゃく》に障《さわ》る男だった。

だが、悔しいが、役所の言う方法以上に、いいアイディアを出せる自信がなかった。

「そうね。覚悟を決めて、やるしかないわね。具体的には、どうすればいいの？」

メイ子が、真剣な眼差しを役所に向けた。

「実行日は、明日……正確に言えば今日のトレーニングが終わったあとがいい。まずはメイ子ちゃんが、さっき言ったような感じで相談があると大鶴を呼び出す。就寝時間になり、痴漢魔がメイ子ちゃんに夜這いをかける。大鶴が、痴漢魔を取り押さえる。奴の気を逸らすために、痴漢魔は激しく抵抗する。いま流行の格闘技番組をみていればわかるように、マウントポジションになっている選手の意識は完全に対戦相手を殴ることだけに向いていて、背中はガラ空きだ。人類最強と言われる男であっても、背後から近づいたレフェリーに後頭部をバットで強打されれば一発でノックアウトされるだろう」

「大鶴の後頭部をぶん殴るのは俺の役目だろうな？」

絶食した狼のようにギラつく眼をした土方が、身を乗り出した。

「もちろんだよ。メイ子ちゃんに誘い出された大鶴が痴漢魔をボコボコに殴っている隙に、土方さんが背後から襲撃して捕らえ、拷問にかける。私の役目は、精神的に大鶴を追い詰めながらみなさんの大切な『宝物』の居場所を吐かせる、というわけだ」

「ちょ、ちょっと訊きたいんだが、まさか、僕の役目は……」

三沢は、恐る恐る訊ねた。

「決まってるじゃないか。痴漢魔だよ」

ピアニストはピアノを弾くのが仕事……バーテンダーは酒を作るのが仕事、とでもいうように、さも当然の顔で役所が言った。

「じょ……冗談じゃない！　どうして僕が、ボコボコに殴られる痴漢魔にならなければならないんだ⁉」

三沢は憤然として立ち上がり、役所に嚙みついた。

「声がでけえんだよ！　聞こえたらどうすんだ！」

土方の一喝に、三沢は眼を閉じ首を竦めた。

あんたのほうが声がでかいよ、という文句はもちろん呑みくだした。

「新入り君。このシナリオにおいて、痴漢魔の役は非常に重要であり、ドラマで言えば主役……つまり、『タイタニック』のレオナルド・ディカプリオか『マトリックス』のキアヌ・リーブスなんかと同じ立場なんだよ」

「女のコに夜這いをかけてボコボコにされる痴漢魔のどこが、レオナルド・ディカプリオやキアヌ・リーブスなんだ？　馬鹿にするのも、いい加減にしろ」

三沢は、また土方に怒鳴られるのを警戒し、叫びたいところをぐっと堪えた。

「たしかに、痴漢魔はヒーローではなく犯罪者の役だから、たとえが違ったね。じゃあ、犯罪者の役、『ゴッドファーザー』のアル・パチーノと同じ立場だと訂正しておくよ」

いけしゃあしゃあと詭弁《きべん》を使う役所――どこまでも、自分をコケにするつもりらしい。

「そんなに痴漢魔がいい役なら、あんたがやればいいじゃないか？」

「ほう。私が痴漢魔をやるのなら、君が大鶴を尋問するのか？　失敗は二度と許されない……というより、失敗したら、私達はその場で殺されてしまうだろう。君に、私達三人の命を預かるという重責を果たせるのかな？」

「そ、それは……」

三沢は、言葉に詰まった。

痴漢魔役はごめんだが、大鶴の尋問役というのも、役所の言うように責任重大だ。かと言って、荒事が苦手で非力な自分には土方の役はできないし、もちろん、メイ子のようにフェロモンを発しながらの誘惑もできない。

やはり、残るは尋問役か痴漢魔役のどちらかしかない。

「それは……どうしたんだ？　怖じ気づいたのか？　ん？」

「怖じ気づいたりなんてしていない。僕にだって、尋問くらいできるさ」

人を小馬鹿にしたような役所の態度に、三沢はついつい強がってみせた。

「わかった。そこまで言うのなら、多数決といこう。みんな、それぞれ自分の命を預ける相手を選ぶ権利があるからな」

三沢は頷いた。

尋問と言っても、大鶴は囚われの身で、しかも、土方の拷問付きだ。特別なテクニックなどなくても、自白に持ってゆけるはずだった。

「では、土方さんから訊くとしよう。大鶴の尋問役は、私と新入り君のどちらがいいかな？」

「んなもん、あんたに決まってんだろ」

土方が、にべもなく言いながら役所を指差した。

もともと、自分を目の敵にしている彼が、役所を選ぶのはある程度予想できることだった。

問題は、メイ子だ。彼女は三人の中で唯一、まともに会話ができる人間であり、公平な判断を下してくれるに違いなかった。

メイ子が公平な人間だからこそ、自分にとって有利と言えた。

嫌みと侮辱を連発するような役所にたいして、きっと、不信感を抱いていることだろう。

「次は、メイ子ちゃん。君は、私と彼のどちらに命を預けるかい？」

「役所さんは、新入りさんにつらくばかり当たるし、彼がかわいそうだわ」

いいぞ、いいぞ！　もっと言ってやれ！

三沢は、心の中でメイ子にエールを送った。

やはり、思った通りだ。メイ子は、役所の性格の悪さと自分の人柄のよさを見抜いていた。

これでメイ子の票は獲得できたようなものだが、喜んでばかりはいられない。

自分には、まどかというれっきとした婚約者がいる。

ここから抜け出した暁《あかつき》に、交際してほしいなどと告白されたら困りものだ。

「だけど、新入りさんは頼りないし、ドジ踏みそうだし、ガンジーの命を預ける気になれないわ。私も、役所さんに一票よ」

「んな！」

信用していた仲間に崖から突き落とされたような、そんなショックに襲われた。

「どうやら、結論は出たようだね。起床時間の十時まで、もう、三時間しかない。細かい打ち合わせは、今日の夜にするとして、とりあえずは最後になるかもしれないトレーニングに備えて寝よう」

「ま、待ってくれ。僕は、痴漢魔なんて……」

三沢の呼びかけを無視し、三人はそそくさと自分のベッドへと潜った。

ひとり取り残された三沢の膝は、大鶴にマウントポジションを取られて身動きできない自分を想像し、ガクガクと震えていた。

6

頭皮に走る激痛……ぼんやりとした視界に、冷めた眼をした坊主女の顔が飛び込んできた。

「あんた、いつまで寝てんのよっ」

三沢の髪の毛を摑んだ坊主女が、顔を近づけ、怒声を浴びせかけてきた。

虚《うつ》ろな視線で、周囲を見渡した。

役所も土方もメイ子も既にフロアの中央に整列していた。しかもみな、片手にナイフを持ち、胸や腹のあたりに青や赤の模様の入った白地のTシャツに着替えていた。

「すみませんでした」

なにがどうなっているのかわからないまま、とにかく立ち上がった。

歩み寄ってきたサングラス男が、無言でTシャツとナイフを差し出してきた。

「こ、こんなもの持って……いったい、これから、なにを始めようという気なんですか?」

硬くひんやりとした手触り——三沢の寝起きでベタついた口内は、鈍色《にびいろ》に光る刃渡り十センチほどのナイフをみて一気に干上がった。

「つべこべ言わずに、さっさと着替えろ。トレーニング二だ」

大鶴が、怒りを押し殺したような声で言った。

三沢は不安感を抱いたまま、手早くワイシャツと下着を脱ぎ、与えられたTシャツに袖を通した。

胸や腹の模様と思っていたものは、セメダインかなにかでくっつけられた小さな風船だった。

「トレーニング二は、より実戦に近いトレーニングを行う。本番は、ナイフによる刺殺だ。いまお前達が着ているTシャツには、心臓部に赤い風船が、腎臓部に青い風船が装着してある。その部位を的確に刺せばターゲットに致命傷を与えることができる。しかし、だ。刃物と言えば果物ナイフや包丁くらいしか握ったことのないお前達は、ぶっつけ本番では百パーセント失敗するだろう。相手はリンゴでも魚でもなく、動き回る生身の人間だ。もしかしたら、格闘になるかもしれない。先に、ふたつの風船を割ったほうが勝ちだ」

「ほ、本番じゃないのなら、なにも本物を使わなくても、おもちゃのナイフで破れるんじゃないでしょうか？　もし、勢いがつき過ぎて刺してしまったら……大変なことになりますよ」

勇気を出して、三沢は大鶴に訴えた。

「本番でおもちゃのナイフは使わない。このトレーニングの狙いは、一にも二にも、本物のナイフに慣れることだ。刺してしまう、もしくは刺されてしまう緊張感があるから、トレーニングの意味がある。早漏男がダッチワイフを相手にセックストレーニングを何百回しても、生身の女とは違うのと同じだ。質問はここまで。まずは、役所と土方。ほかのふたりは、下がってよく観察してろ」

大鶴は一方的に告げると、三沢とメイ子に壁際に立っているように命じた。

緊張した面持ちで向かい合う役所と土方。

無理もない。一歩間違えば、殺し合いになってしまうのだから。

三沢は、固唾《かたず》を呑んでふたりの動きを見守った。

「レディー、ゴーッ！」

審判役の大鶴が野太い声を地下室に響き渡らせると同時に、役所と土方の間に遮断機のように伸ばしていた右腕を勢いよく上げた。

「うぉらーっ、死ねやっ、こらーっ！」

土方がナイフを振り回しながら役所に襲いかかった。

土方の勢いに気圧され気味の役所だったが、肚を決めたのか、ナイフの柄をしっかりと両手で握り締めて突進した。

役所のナイフの切っ先が青い風船……土方の腎臓部に吸い込まれる寸前のことだった。

「痛《いて》ってぇーっ！」

土方が青風船を庇《かば》うように躰の前に出した左腕の外側が切り裂かれ、みるみる、鮮血が滴《したた》り落ちた。

役所が切っ先を上に向けたナイフを、上半身を折り曲げ左腕を押さえる土方のガラ空きになった心臓部——赤風船に突き立てた。

パン！　という衝撃音に三沢の心臓が飛び跳ねた。

「取ったぞ！　おらっ、ざまみろ！」

七三髪を振り乱した役所が、人格が変わったように白眼を剝き、汚い言葉で雄叫《おたけ》びを上げつつ、ナイフを持った右腕を何度も突き上げた。

「ま、まじかよ……」

三沢は、声帯から剝《は》がれ落ちたような掠れ声で呟いた。

頰に突き刺さる視線——三沢は、ゆっくりと顔を横に巡らせた。

フロアの向こう側で出番を待っているメイ子が、ぞっとするような鋭い眼つきで三沢を睨みつけていた。

下瞼は赤く膨れ上がり、白目は充血し、目尻は狐のように吊り上がっていた。

三沢の躰は、体内の血がすべて蒸発してしまったとでもいうように凍てついた。

あのメイ子の眼つきは、いったい……？

あれではまるで、殺人鬼の眼つきではないか？

いくら本物のナイフを使っているからといって、これはあくまでもトレーニングなのだ。

「このじじい、調子に乗りやがって……」

縦、横、斜め——あとのなくなった土方が、血相を変えて役所に斬りかかった。

ダッキング——土方の迫力に防戦一方となっていた役所の躰が沈んだ。次の瞬間、カエル飛びのように跳ね上がった。

間一髪のところでスウェー——土方が、上体を後方に反《そ》らして躱《かわ》した。

「何度も同じ手に乗るか!」

怒声を上げ、ナイフを振り下ろす土方。バランスを崩した役所が仰向けに倒れた。絶体絶命の大ピンチだ。

「もらった!」

土方が役所の心臓部……赤風船に切っ先を突き刺した。

パン、パン、という破裂音の二連発。

「よっしゃ……」

右腕を突き上げようとした土方が、唖然とした顔で下を向いた。

役所の赤風船を割った直後に、土方の最後のひとつ……腎臓部の青風船も割れていた。

「勝負あり! 役所の勝ち!」

ゆっくりと起き上がった役所が、試合中のハイテンションが嘘のように冷静な表情で右手を上げた。

　このトレーニングは、正直、土方が圧倒的に有利だと思っていたが、まさか役所がこんなに凄い技術を持っているとは驚いた。

　さすがに、女性のメイ子には勝てる自信があったが、役所にはとても歯が立ちそうにもなかった。

「次、前へ！」

　大鶴が、三沢とメイ子をフロア中央に呼び寄せた。

　相変わらず、メイ子はギラついた充血した眼で三沢を睨みつけていたが、女相手には負けられない。

「レディー、ゴー！」

　大鶴のかけ声が終わらないうちに、メイ子がナイフを振り翳し飛び出してきた。

　虚を衝かれた三沢は、二、三歩後退った。

　髪の毛を振り乱し、嵩《かさ》にかかって攻め立ててくるメイ子。三沢は、退《さ》がりながらメイ子の心臓部の赤風船を狙ったが、及び腰なので切っ先が届かなかった。

　ナイフでＸ字を描きながら、どんどん、どんどん、メイ子が踏み込んでくる。

　予想外の苦戦に、三沢の背筋を焦燥感が這い上がった。

　三沢は、なんとか突破口を見出そうとしたが、メイ子の動きがはや過ぎてついてゆけなかった。

このままではヤバい。三沢は、一か八かの賭けに出た。

頭からフロアに突っ込み、役所に負けじと前方回転をした……つもりだったが、頭頂を痛打して無様に真横に倒れてしまった。

パン！

腎臓部の青風船が音を立てて弾けた。

メイ子の攻撃を受けたからではなく、倒れた拍子に割れてしまったのだ。

なんと間抜けな……はやくも、リーチがかかってしまった。

慌てて跳ね起き、ナイフを突き出そうとしたが、もし刺さったらと思うと怖くて腕が萎縮した。

三沢が躊躇《ちゅうちょ》している間に、メイ子が畳みかけてきた。

ステップバック——三沢は一度後方に下がり、その反動を利用して踏み込んだ。

宙を泳ぐナイフ。メイ子が軽業師のように横に飛び、左胸の赤風船を切っ先で襲撃した。

「うわぁっち！」

三沢は情けない悲鳴を上げながら、今度はメイ子の真似をして横に飛んだ……まではよかったが、足が縺《もつ》れて顔を床に叩きつけるように俯せに倒れた。

パン！

ゲームオーバー。確認するまでもなかった。間抜けなことに、一度ならず二度までも、自分で風船を潰してしまった。

緊迫した空気を、みなの失笑が震わせる。

「勝負あり！　メイ子の勝ち！」

大鶴の声が頭上から降ってくる。三沢は、屈辱と恥辱で、しばらくの間、立ち上がることができなかった。

「アホな男だね。ほら、邪魔だからどきな」

坊主女が耳もとで嘲笑しながら、三沢の襟首を摑み、生ゴミのようにフロアの端へと引き摺った。

「俺も負けたから人のことは言えねえが、無様だよな」

土方が、吐き捨てるように言った。

「いや、新入り君はなかなかのものですよ」

珍しく、役所が庇うような言葉をかけてきた。

土方に勝って相当に上機嫌なのだろう。

「慰《なぐさ》めはよしてくれ」

三沢は、役所の好意を突っ撥《ば》ねた。

こんな同情程度で、彼の悪印象を拭えはしない。

「慰めなんかじゃない、心からそう思ってるのさ。だって、相手の攻撃を一切食らわずに負けたわけだからね。どうやったら、そんな芸当ができるのか、教えてほしいよ」

やはり、心を動かされずによかった。

もし地球上に役所とふたりきりになっても、友人にはなれないことを確信した。

が、三沢は俯き、視線を下に落とすことしかできなかった。

役所は口だけではなく、実力も伴っていた。

それに引き換え自分は……。

自責が自己嫌悪を引き連れ、三沢の気分をブルーにした。

大鶴が役所とメイ子をフロアの中央に呼び寄せた。

これでメイ子が勝てば二ポイントということになる。

「レディー、ゴー！」

大鶴の合図に、まず飛び出したのはメイ子だった。三沢のときのように、X字にナイフを振り回し突進した。

役所のほうも、土方のときとは違い、思い切り踏み込んだ。

互いに至近距離でナイフを振り回すのをみて、三沢は唖然とした。

彼らは、相手を刺してしまうこと……または刺されてしまうことが怖くないのだろうか？

ステップバック、サイドステップ、ダッキング。ふたりは、めまぐるしく相手の攻撃を躱しながら動き回った。

「凄《すげ》ぇな、あのふたりよ」

土方が、感嘆のため息を漏らした。

たしかに、ふたりの動きはビデオの早送りのようにはやかったが、よく眼を凝らしてみると、役所に比べてメイ子は大振りが目立った。

あれでは、スタミナが長く保《も》たないに違いない。

三沢の読み通り、徐々にメイ子の動きが鈍くなってきた。

反対に役所は、よりいっそうスピーディーな動きでメイ子を攻め立てた。

額に脂汗を滲《にじ》ませ、じりじりと後退していたメイ子が足を縺れさせ尻餅をついた。

その隙を見逃さずに、役所がメイ子に覆い被さるように押し倒した。

破裂音の二連発。熱戦は、呆気《あっけ》ない幕切れとなった。

「勝負あり！　役所に一ポイント！」

この男は、本当に役所勤めなのか？

息ひとつ乱さずに余裕の表情で右手を上げる役所をみて、三沢の胸に疑問が湧いた。

昔、自衛隊かなにかの工作員をやっていたとしても不思議ではなかった。

つまり、このトレーニングでの役所は、それだけナイフの扱いに慣れていた。

「よし、次はトレーニング三だ。お前ら、配置につけ」

大鶴の号令に、坊主女とサングラス男が三沢達のほうを向き、フロアの中央に一メートルの間隔で横並びに立った。

ふたりの背後……五メートルほど離れた壁の、高さ約一メートルの位置には風船がくっつけられていた。

「今度は、妨害が入ったことを想定したトレーニングになる。このふたりが、お前達の障害物となる。四人同時にスタートし、風船をゲットしたものにポイントを与える」

これなら、自分にも勝機はありそうだ――三沢の心に、微かな希望が芽生えた。

素早さと逃げ足には自信がある。土方はパワーはあるがフットワークは悪そうだし、役所はナイフはプロ級でも足腰の衰えは隠せないだろうし、メイ子にはアクシデントで負けたものの、スピードで負けはしない。

それに、こちらは四人で敵はふたり。いくら腕が立つと言っても、必ず隙ができるはずだ。

「たやすいトレーニングだと思わないほうがいい。長田《ながた》とアリスは、ふたりで六人ぶんの働きができる」

三沢の心を見透かしたように、大鶴が言った。

「いいか、行くぞ？」

右端から三沢、メイ子、土方、役所の順に横一線に並んだ。障害物——右がサングラス男で、左が坊主女。衝くなら坊主女だ。

スタートラインに立った緊張感——心臓が、大量の血液を体内に送り出した。このドキドキ感は、運動会の百メートル競走のときに感じたもの以来だった。

「レディー、ゴー！」

大鶴の合図とともに、左対角——坊主女に向かって三沢はダッシュした。

少し遅れて、役所とメイ子が三沢に続いた。やはり、女だと楽だと判断したのだろう。

土方はひとりだけ、サングラス男をターゲットにしていた。腕に自信があるのだろうが、戦略的には無能もいいところだ。

役所とメイ子が、三沢を追い抜いた。

追い抜かれたのではなく、故意に追い抜かせたのだ。

土方とは違って、自分には策がある。

三沢は足を止め、タイミングを窺った。

「甘いんだよ！」

坊主女に左腕を摑まれ振り回された役所が、土俵から投げ出された軽量力士さながらに三メートルは吹き飛び尻餅をついた。

一方、土方はサングラス男とガップリ四つに組み、大相撲を取っていた。

その隙を狙い坊主女の脇を擦り抜けようとするメイ子。坊主女がアメフト並みの胴タックルを仕掛けた。

いまがチャンス——三沢は手の塞がる坊主女の後ろに向かって突っ込んだ。

視界が縦に流れ、床が目の前に現れた。

「そうはさせるか！」

役所が、三沢の右の足首にしがみついていた。

「は、離せ、離せ！」

三沢は、空いている左足を役所の肩口を狙って飛ばした。

役所は素早く立ち上がり、三沢の背中を踏みつけつつ駆け出した。

エアプレーンスピン——坊主女がメイ子を肩口に抱え上げ、プロペラのように回り始めた。

メイ子の遠心力のついた足が役所の顔面を捕らえた。

バスン、という鈍い音とともに、鼻血を噴き出し吹き飛ばされる役所。

「いい気味だ！」

三沢は、殺虫剤をかけられたゴキブリのように身悶《みもだ》える役所に罵声を浴びせ、人間プロペラの届かない位置を選んで突っ込んだ。

「うぉりゃ！」

坊主女が、およそ女とは思えない野太い雌叫びを上げた。

「ひぃ……」

回転しながら飛んでくるメイ子を受け止めた三沢は、彼女の全体重をまともに浴びたまま背中から床に叩きつけられた。

脊椎《せきつい》を痛打し、全身が痺《しび》れてメイ子をどかすことができなかった。

「この、くそったれが！」

三沢は、朦朧《もうろう》とした意識の中で、首を怒声のする方向に巡らせた。

怒声の主……土方が、サングラス男を一本背負いで投げ飛ばしていた。

そして、全速力で、壁に取りつけられた風船に駆け寄り、鷲掴みにすると拳を頭上に突き上げた。

「よっしゃ！」

これで、ポイントをゲットしていないのは、自分ひとりになってしまった。

このままではヤバい……なんとかしなければ……。

脱走するからポイントは関係ないとわかっていても、焦燥感が募った。

歓喜の叫び声を上げる土方の姿が、霞んでいった。

躰の揺れで、眼が覚めた。首を擡げた。窓の外を流れる景色……三沢は、バンの中にいた。

☆　　☆

「ようやく、お目覚めか?」

ミドルシートから振り返る大鶴。どうやら、トレーニング三で気を失ったまま車に乗せられてしまったようだ。

役所と土方が三沢の、メイ子は大鶴の隣にいた。

「これから、なにが始まるんだ?」

バンは、どこかの商店街をゆっくりと走っていた。

「トレーニング四だ」

「だから、なにをやる気なのかと訊いてるんだ」

「あんたさぁ、いっつもそうやって質問ばっかりしてるけど、結果が全然出てないじゃない。まあ、いわゆる、口だけ番長ってやつね」

サイドシートに座る坊主女が、三沢がいま一番気にしていることに触れてきた。

「結果なんて、僕には関係ない。もともと、あんたらが無理やりやらせてることじゃないか!」

ついつい、鬱積《うっせき》した不満が爆発した。

情報がないうちは大鶴に従うしかない、という役所達の言いぶんもわかる。が、それにしては、トレーニング一も二も三も、あまりにもみな、気合いが入り過ぎていた……というより、人格が豹変《ひょうへん》し過ぎていた。

本当に、彼らは、力を合わせて逃げ出す気があるのか？

不信感と猜疑心《さいぎしん》が、競い合うように三沢の疑念を膨らませた。

「無理やりだろうが強引だろうが、大切な人の命がかかっている以上、やるしかないだろう？　おい、この辺でいい」

大鶴はにべもなく言うと、ステアリングを握るサングラス男にディスカウントショップの前で停まるように指示した。

「このドンキーホンテンは、ジャングルを意識した密集度の高い商品の陳列で有名なディスカウントショップだ。当然万引き率も高く、オープン時は、一時間に一件の発生率と言われていたほどだ。店側は対処策を考えて、十人の万引き防止対策専門のスペシャリストを雇い入れた。採用には学歴不問の代わりに、ふたつの条件があった。それは、いままでに格闘技の経験があることと、もうひとつは、五十メートルを六秒台前半で走れることだ。もちろんその目的は、万引き犯を追いかけて捕らえることにあった。彼らは、ほかの業務は一切免除され、万引き犯を捕まえるためだけに雇われた。その成果があって、なんと、この数年間、万引き犯を一度も出していないという」

「ここの商品を、万引きしてくれればいいんですね？」

役所の問いかけに、大鶴が頷いた。

「なにを万引きすりゃいいんだよ？」

土方が坊主頭を掻き毟《むし》りながら訊ねた。ポテトチップスのようなフケが三沢の視界で飛び散った。

「商品はなんでもいい。ただし、任務の対象は二階フロアの商品にかぎる。二階に五人、一階にも五人のスペシャリスト達がいる。とくに一階のスペシャリスト達は厳選されたメンバーが揃っており、中でも、出口付近にいる店員達……チーターとバイソンの異名を取るふたりの男は並じゃない。チーターは、数年前にオリンピックの予選に選出されるほどの脚力を持っており、バイソンは学生時代に花園《はなぞの》で暴れ回ったラガーマンだ。因みに、このバンは店から百メートル離れた場所に停めておく」

「百メートルも？」

メイ子が素頓狂な声を上げた。

彼女の気持ちはわかる。

「そうだ。実戦では、何百メートル追いかけられても振り切らなければならない」

大鶴の返答は、予想通りのものだった。

余計なことを訊かなくてよかった、と三沢はほっと胸を撫で下ろした。

「では、早速、配置についてもらおう」

大鶴が言うと、スライドドアが開いた。

メイ子、役所、土方、三沢の順でバンを降りた――疑われないように、四人バラバラに店へと向かった。

百メートル離れた場所に移動するのだろう、背後でバンのエンジン音が聞こえた。

「いらっしゃいませ」

店内に入るとすぐに、細く筋肉質な店員が声をかけてきた。

あの男が、チーターに違いなかった。

まだ若い。二十歳になるかならないか……多分、そんなところだろう。

役所とメイ子の視線も、さりげなくチーターに向いていた。

土方だけは、周囲を観察することなく先頭を切って歩いていた。

少し奥へ進むと、今度は岩のような大男が現れた。

恐らくバイソン。横を通る土方が並の体格にみえてしまうほど凄まじいガタイをしている。

ほかにも、明らかに通常の店員とは違う雰囲気を醸し出しているスーツ姿の三人の男がいた。

五人とも、万引き犯の眼を欺《あざむ》くためか、ドンキーホンテンのスタッフジャンパーを着ていなかった。

ドンキーホンテンは、所狭しと商品が山積みされており、まさにジャングル状態だった。階段を使って二階へ。三沢は歩調のピッチを上げ、役所とメイ子に並んだ。

役所とメイ子が負けじとピッチを上げると、土方もトップの座を譲ってはなるものかと歩調をはやめた。三沢も置き去りにされないように必死についていった。

競歩の大会のように四人が早歩きで、二階フロアへと到着した。

さあ、勝負の始まりだ。

三沢は、目の前の陳列棚に並んでいるトランクスに視線を忍ばせた。

三枚セットがパックになって九百八十円。コンビニなら一枚ぶんの値段だ……いや、どうせ万引きするのだから値段なんてどうでもよかった。

同じ通路の左側、三メートルほど離れたところでは土方がスエットを物色するふりをしている。

右隣には、肩が触れ合う距離で役所が、三沢と同じトランクスのセットを狙っていた。

メイ子は背後の棚で、スリッパを手に取っていた。

みな、それぞれの姿がみえないと不安なのだろう、同じ通路に固まっていた。

通路の両端で、二十代と思しきスーツ姿の若い男がふたり、商品棚を眺めていた。

客のふりを装ってはいるが、多分、一階フロアの五人と同じ万引き防止チームのスペシャリストに違いなかった。

レジに行くふうを装っても、その周辺にも残り三人のうちの誰かが張っていることだろう。

役所も土方もメイ子も、ただならぬ雰囲気を察知しているのか、動くに動けないようだった。

商品を手に取ることさえ疑われそうで怖かった。

が、このままでは、いつまで経っても埒《らち》が明かない。

三沢は、表情が硬くならないように注意しながら、トランクスを手に取った。

ほかの三人も、それぞれ、商品を手に持っていた。

が、問題なのはここからだ。

メイ子が最初に、別の通路に移動した。次に土方、役所、三沢の順で続いた。

みな、ほかの商品を物色するふりをしながら、ダッシュするチャンスを窺っているのだ。

メイ子が、階段付近のぬいぐるみの棚の前で立ち止まった。すかさず、役所がメイ子の隣に並び立つ。

心で舌打ち——絶好の場所を取られてしまった。

あの一角に立ち止まるのは、ふたりまでが限界だ。狭いクマちゃんのコーナーに、三人も四人も大の大人がたむろしていれば疑われてしまう。

「まりちゃん、これ、買ってあげようか？」

唐突に、役所がクマのぬいぐるみを宙に翳しながら言った。

「かわいい！」

怪訝そうな顔になりかけたメイ子が、すぐに笑顔になり黄色い声を上げた。

ふたたび、心で舌打ち——役所の描いたシナリオは、メイ子と不倫カップルを演じ、スペシャリスト達の警戒心を解く、というものに違いなかった。

カップルとなれば、しかも、買ってあげようか、という言葉まで聞かせれば、彼らもまさかふたりが万引きを企《たくら》んでいるとは思わないだろう。

メイ子もまた、すぐに役所の意図を察し、芝居に乗ったのだ。

あとは、五人の意識が逸れた瞬間に駆け出し、店から百メートル先の路肩で待機するバンまでのマッチレースに賭けるつもりに違いなかった。

ヤバい……なんとかしなければ。

三沢の、トランクスの袋を持つ指先に力が籠った。

土方も、いらついた表情で、ちらちらと役所とメイ子に視線を投げていた。

「ねえ、パパぁ、私ぃ、ここでぬいぐるみさんをみながら待ってるから、はやく買ってきてぇ」

鼻声でメイ子が、役所にせがんだ。

役所が強張った顔で苦笑いを浮かべている。

メイ子のひと言で、パパ……役所は、レジに行かなければならなくなる。

もちろんその隙に、メイ子は勝負をかけるつもりだ。

パトロン付きの馬鹿女の演技といい、役所のシナリオを逆利用する切り返しといい、なかなか、したたかな女だ。

「まりちゃんも、一緒においでよ」

役所が反撃を試みた。

「ぬいぐるみをみてるって言ったでしょう？　ねぇ、はやく買ってきてぇ」

メイ子が、平然とした顔で受け流した。

「おっ、重雄さんと典子さんじゃないか？」

突然の土方の呼びかけに、役所とメイ子の顔が強張った。

フロア中に響き渡る大声で、しかも、それまで使っていたまりというメイ子の偽名を無視し、典子、と呼びかけたのだから無理もない。

まったく、空気の読めない男だった。

「おいおい、どうしたんだよ？　覚えてないのか？　俺だよ、俺」

明らかに迷惑そうにしているふたりなどお構いなしに、土方が自分を指差しながら大股で歩み寄った。

階段脇に立つふたりのスペシャリスト達も、三人のほうにじっと視線を注いでいた。

万引き犯だと思い注目しているわけではないが、それまでノーマークだった役所とメイ子に興味を持ったのは間違いなかった。

「なんだよ？　どうしたんだよ？　お前ら」

芝居に参加しているつもりだろうが、土方の演技は逆効果以外のなにものでもなかった。

唐突に、メイ子がダッシュした。

これ以上、土方が絡んできたらまずいと思ったのだろう。

役所がメイ子に続いた。

メイ子とカップルを演じていた以上、当然の判断だ。

階段脇にいたふたりが、インカムで連絡を取りながらふたりのあとを追った。

ワンテンポ遅れて土方が、そして三沢も階段を駆け下りた。

異常事態に気づいたのだろう、奥にいた三人のスペシャリストの足音も聞こえてきた。

一階フロアに下りる頃には、三沢は既に土方を追い抜いていた。

三メートルほど先を走っていたメイ子が、横から飛び出してきたスペシャリストに取り押さえられた。

背後から、怒鳴り声と物が壊れる音が聞こえてきた。

土方は脱落。振り返らずともわかった。
不意に、正面に男が現れた。
棚の切れ目。反射的に三沢は横に飛んだ――通路を変えた。
出口がみえてきた。単独で先頭に立った役所の背中がぐんぐんと近づいた。
故意に、スピードを落とした。一転して、役所の背中がどんどん離れてゆく。
出口をガードするチーターとバイソンの鋭い視線が役所に突き刺さる。
バイソンがまさに猛牛のように、役所に突進した。
右にサイドステップを踏む役所。宙を抱いてバランスを崩すバイソン。
フェイント――今度は左にサイドステップを踏んだ役所が、店を飛び出した。
バイソンが、巨体に似合わぬ俊敏な動作で跳ね起き、役所を猛追した。
チーターの視線がふたりに向いている隙、千載一遇のチャンス――脳内でスターターの
ピストルが鳴った。
一切の躊躇も恐怖も頭から消し去り、三沢はダッシュした。
視界の端でチーターが反応したのがわかった。
すぐに、軽やかな足音が追ってきた。
路肩では、役所がバイソンの殺人タックルに組み敷かれていた。
これで自分ひとりになったわけだが、余裕などなかった。

足音からして、チーターとの差は十メートルもないに違いなかった。

バンまでは、およそ八十メートル……逃げ切れるだろうか？

三沢は、スタミナ配分を考えずに脚力をフルスロットルにした——素早く振り返った。

距離は開くどころか、逆に詰まっていた。

逃げ足自慢の自分をここまで苦しめるとは、さすがにオリンピックの予選に出ただけのことはある。

肺が破れ、心臓が口から飛び出してしまいそうだった。気管支を紙やすりで擦られたようなザラついた呼吸が耳の奥で谺した。

捕まるのは時間の問題だった。

三沢はポケットに手を突っ込んだ。一か八かの賭け——握り締めた小銭を、正面を向いたまま背後のチーターに投げつけた。

「うっ……」

チーターの呻き声。足音が遠ざかった……と思ったのも束の間、すぐに足音が大きくなった。

バンが次第に近づいてくる。ゴールまで残りあと三十メートルくらいだが、三沢には三百メートルにも感じられた。

役所も土方もメイ子も、既にポイントを挙げている。このチャンスを逃すわけにはいかない。

しかし、オリンピック予選レベルの男とのマッチレースは、三沢の肉体を限界に追い詰めていた。

太腿は鉄板を埋め込んだようにパンパンに硬くなり、ふくらはぎはヒクヒクと痙攣していた。

萎《な》えそうになる気力――折れそうになる心。

三沢は、わざと、人質に取られているまどかが男達に胸を揉みしだかれるという凌辱場面を想像した。

腹の底から火柱が燃え上がり、脳みそに引火した。

「まどかーっ！」

三沢は悲鳴をあげる両足に鞭を打ち、ガス欠寸前の闘志にガソリンを補給した。

チーターの足音がふたたび遠ざかり、ぐんぐんとバンが近づいてくる。

あと十メートルといったところで足が縺れ、前のめりにバランスを崩しそうになった。

ここで転んでしまえば、すべてがフイになってしまう。

今度は、頭の中で、男達がペニスを無理やりまどかの唇に押しつけている場面を想像した。

「どぉわぁーっ！」

効果覿面《てきめん》——エネルギーが両足に漲《みなぎ》った。足の回転ピッチが上がった。

最後の力を振り絞ったのだろう、アスファルトを蹴るチーターの靴音もはやくなる。

残り約五メートルを切った。

ミホノブルボンが逃げる逃げる逃げる！

不意に、十年以上前の伝説の逃げ馬の菊花賞時の実況が鼓膜に蘇る。

外からライスシャワー！　外からライスシャワー！

酸素不足で朦朧とした脳内に、また、実況アナウンスが響き渡った。

たしかあのときミホノブルボンはライスシャワーに差されて三冠を阻止されたが、自分は違う。

三メートル、二メートル、一メートル……三沢の目の前でバンのスライドドアが開いた。

待ち構える大鶴の姿が天使にみえた。

大リーガー張りのヘッドスライディングの要領で車内に飛び込んだ。

「三沢の勝ち！　一ポイント！」

「おっしゃーっ！　うりゃあ！　まどかっ、待ってろっ、必ず助けに行くぞ！」

大鶴の声を掻き消す絶叫——万引きしたトランクス三点セットを摑んだ左手を何度も頭上に突き上げる三沢の心からは、みなと力を合わせて脱走するという意識が完全に消え去っていた。

アイマスクを取られた。青黒っぽくぼやけた視界で、メイ子が眼を擦り、役所が何度も瞬《まばた》きを繰り返し、土方が眼球を指で押さえていた。

7

課外トレーニングが終わった頃には、深夜零時近くになっていた。

三沢達四人は、目隠しをされて地下室へと戻ってきたのだった。

ドンキーホンテンでのトレーニング四で初ポイントを挙げた喜びも束の間、その後は散々な結果だった。

歌舞伎町の路上で女性客を物色するホストをノックアウトするトレーニング五では土方が、二丁目のゲイバーから出てくるオカマのつけまつげを奪ってくるトレーニング六ではメイ子が、出勤前のキャバクラ嬢にキスするトレーニング七では役所が、そして、少年ギャングの耳ピアスを引きちぎってくるトレーニング八ではふたたび役所がポイントを挙げた。

トレーニング八までで、役所がポイント三で頭ひとつリードし、土方とメイ子がポイント二であとに続き、三沢はドンキーホンテンでの一ポイントのみだった。

しかも、トレーニング五ではホストに逆に殴られ、トレーニング六ではオカマに危うく股間を摑まれそうになり、トレーニング七ではキャバクラ嬢に平手打ちを食らい、トレーニング八では少年ギャングの蹴りを腹に入れられた。

これだけ危険なトレーニングなので、終わったあとの処理をどうするのだろうと三沢は注目していた。

万引き、暴行、キス、強奪……トレーニングというのはこちら側の話であり、ターゲットからすれば犯罪行為以外のなにものでもない。

しかし、大鶴達はそれらの犯罪行為を大事《おおごと》にすることなく速やかに解決した。

まずは、商品を万引きされたドンキーホンテンにたいしては、大鶴が支店長と五分ほど話して丸くおさめ、いきなり殴られキレたホストは坊主女が剛腕パンチで返り討ちにし、オカマとキャバクラ嬢は無視し、ピアスを強奪された仲間の復讐に集団で襲いかかってきた少年ギャング達はサングラス男がナイフをちらつかせて撃退した。

一般人なら間違いなく警察沙汰になるか袋叩きにあうような傍若無人《ぼうじゃくぶじん》な行いをさせていながら何事もなかったように相手をおとなしくさせる大鶴達は、やはり、ただものではない。

三沢的には、トレーニング五以降はまさに踏んだり蹴ったりだったわけだが、気にはしていなかった。

なぜなら、今夜かぎりで、彼らともおさらばなのだから。

「今日のトレーニングはここまでだ。明日からは、さらにステップアップしたトレーニングに入る。各々、はやめに休んで英気を養うように」

「あの……すみません。話があるんですけど」

メイ子が、踵を返した大鶴を呼び止めた。

「なんだ？」

「ここじゃちょっと……」

「いまじゃないとだめか？」

メイ子が頷くと、大鶴が外へと促した。

「さあ、いよいよですよ。新入り君はメイ子ちゃんに夜這いをかけて、土方さんは新入り君を現行犯で捕まえようとする大鶴を逆に取り押さえる。いいですね？」

サングラス男と坊主女が大鶴に続いて出て行くと、役所が声を潜《ひそ》めて言った。

「おうおうおう、やっと、復讐できるぜ」

土方が握り締めた拳を、ブルブルと震わせた。

「新入り君も、いいね？」

三沢は仕方なしに頷いた。

夜這い男を演じるのはいやだが、こんなに危険で馬鹿げたトレーニングを続けるのはもっと勘弁だ。

なにより、まどかを救い出すには、この方法しかないのだ。

「これで拘束してください」

役所が、土方に粘着テープを手渡した。

「武器は、なにを使いますか？　ここには、使えそうなものはなにもありませんね」

「そんなもん、俺には必要ねえ。野郎をぶちのめすくらい、素手で十分だ」

「それは心強いですね。でも、油断は禁物です。拳銃やナイフを持っていても、不思議ではありませんからね」

三沢も同感だった。

土方の腕っ節が強いのはトレーニングを通してよくわかったが、拳銃やナイフには勝てない。

土方の身がどうなろうと構わないが、この作戦が失敗すれば、こちらもただでは済まない。

「僕もそう思う。なにか、武器になるものを探したほうがいい」

「てめえは、痴漢のことだけ考えてりゃいいんだよ。俺の拳がなによりの凶器だってことを、なんなら、教えてやってもいいんだぜ？」

土方が、三沢の胸倉を摑み引き寄せた。

「ちょ……わ……やめてくれ……」

三沢は眼を閉じ、裏返った悲鳴を上げた。

「ばーか。なにビビってんだ。痴漢役がいなくなったら困るから、殴るわけねえだろ」

恐る恐る眼を開ける三沢の視界に、嘲笑う土方の大口が映った。

「まあまあ、新入り君をからかうのはそのくらいにして。そろそろメイ子君が大鶴を連れて戻ってくる時間だ。それぞれ、ベッドに入ろうじゃないか。あ、今日は君は上に寝てくれ」

怒りを嚙み殺して自分のベッド――ドア側のベッドに入ろうとした三沢を役所が呼び止めた。

「え？ なぜ？」

「そんなこともわからないのかな？ メイ子君に夜這いをかける君を捕らえようとする大鶴に土方君が襲いかかる。メイ子君が上に寝るということは、君も大鶴も上に行くということだ。いくら鈍い君でも、もうわかるだろう？」

「わからないね」

三沢は、ムッとした顔で横を向いた。

「ベッドの上段にいる大鶴を土方君が襲うのは、大変だろう？」

呆れたように首を横に振りつつ、役所がため息を吐いた。

「なんだ。そんなことなら、わかっていたさ。もったいぶった言いかたをするから、もっと別のことかと思ったよ」

本当は、なるほど！　と叫びたいところだったが、余計に馬鹿にされるのは眼にみえているので、平然とした顔で受け流した。

「そう。ならいいがな。ま、とにかく、へたをうって計画が失敗し、大鶴に殴られ損なんてことだけにはならないように気をつけてくれ」

役所はそれだけ言い残すと、壁側のベッドの上段にそそくさと潜り込み電気を消した。

土方は、役所のベッドの下――自分が夜這いをかける予定のベッドの隣に両足を放り出すようにして仰向けになった。

これから大仕事が始まるというのに、土方が緊張しているふうはまったくなかった。

心臓に毛が生えているのか、それとも単なる馬鹿なのか……どちらにしても、その余裕をお裾分けしてほしいくらいに三沢の鼓動は早鐘を打っていた。

三沢は手探りで梯子《はしご》を上り、掛け布団を敷いたまま横になった。

ゆっくり横になる気分には、とてもなれなかった。

「なあ、役所さん。メイ子さん、遅くないか？」

沈黙に耐えきれず、三沢は役所に声をかけた。

「自分のやるべきことだけに集中しろ」

「もし、見抜かれて彼女が捕まったら……」

ドアが開く音に、三沢は慌てて唇を掌で塞いだ。

メイ子のものだろう足音と、自分の心音がリンクした。

鋭敏になった聴覚に、衣擦れの音が絡みつく。

大鶴がそばにいるのは、気配でわかった。

もう、メイ子はベッドに入ったに違いない。

どのタイミングで夜這いをかけるかに三沢は躊躇した。

普通、夜這いというものは、相手が寝静まったのを十分に確認してから行うものだ。

あまりすぐに動くと、疑われてしまう。

とりあえず、三沢は眼を閉じた。

最低でも、十分は待ったほうがいい。

まどかは、いま、どうしているのだろうか？

食事はきちんと、食べさせてもらっているのだろうか？

まどかは、鶏肉アレルギーだった。

鶏肉を食べると、全身に発疹《ほっしん》ができ、高熱を出すということを本人から聞いた覚えがある。

もし、出されたスープが鶏ガラから取った出汁《だし》であったりしたら？　鶏肉アレルギーに加えて、まどかは閉所恐怖症だった。

まどかが囚われている室内には、十分なスペースがあるだろうか？　三畳以下の空間に十五分以上いると、過呼吸になるということも本人から聞いた覚えがある。

不安が不安を招き寄せ、眼が冴えてきた。

三沢は、羊の数を数え……って、なにを考えている？

これからメイ子に夜這い行為をしなければならないのだから、眠ってはだめなのだ。

「おい、新入り。はやくしろよ」

三沢は、耳を疑った。

声を潜めているつもりだろうが、同じ室内にいる大鶴に聞こえる可能性が十分にあった。

「聞こえてんのか⁉　おい！」

ば、馬鹿……声が大きい！

「嵌めやがったな！」

時既に遅し——怒声を上げ三沢に馬乗りになった大鶴の右手には、ナイフが握り締められていた。

「ま、待て、許してくれ……」

三沢は大鶴に懇願した。

「俺を嵌めようとしていながら、許せるわけないだろうが！」

「僕じゃないんだ……あ、あんたを嵌めようと言い出したのは、役所だ」

仲間を売るという罪悪感はなかった。罪悪感もなにも、三沢は、役所にたいして仲間だという意識を持っていなかった。

「役所には、裏切り者を炙《あぶ》り出すためにひと役買ってもらったのさ」

「へ⁉」

三沢は間抜け声を出し、首を役所に巡らせた。

「あ、あんた、それ、本当か？」

訊ねながらも、彼ならありうる、という確信に近いものがあった。

「阿呆は、どこまでいっても阿呆だな」

口角を吊り上げた役所が、侮辱的な口調で言った。

「貴様っ……」

「つべこべ言ってんじゃねえっ。裏切り者は、死ぬんだよ！」

大鶴がナイフを振り上げた。

「や、やめ……やめてくれ……やめてくれーっ！」

頬に激痛——三沢は眼を開けた。

馬乗りになっているのは、大鶴ではなく土方だった。

大鶴の姿は、どこにも見当たらない。

「てめえはよ、いったい、なにやってんだ！」

こめかみに太い血管を浮かべた土方から、視線を周囲に移した。

三沢のベッド脇に並んで立つ役所とメイ子の眉は競うように吊り上がっていた。

恐る恐る、腕時計に眼をやった。

午前五時三十三分……。

「もしかして……僕、寝てた？」

「ああ、寝てたよ。鼾《いびき》をガーガーかいてな」

役所が、氷柱《つらら》にも負けない冷たい眼を向けた。

「大鶴は、二時間もいたのにね」

メイ子が、冷凍室にも負けない冷たい口調で言った。

「ほんっとに……ほんっとーに、てめえは、救いようのねえくそ馬鹿野郎だ！」

土方が三沢の胸倉を摑み引き寄せると、顔を近づけ罵声を浴びせてきた。

砂時計のように、脳天から足もとへ血が下降した。

やっぱり、眠り込んでしまっていたようだ。

土方の言うとおり、さすがに今回ばかりは、自分の大馬鹿加減に呆れて物が言えなかった。

よりによって、こんな大事な場面で寝てしまうなんて……後悔してもしきれなかった。

まどかを助け出せるチャンスを、自ら、潰してしまったのだ。

これが、後悔せずにいられようか。

「どう責任を取ってくれるのよ⁉ ガンジーにもしものことがあったら、許さないからね！」

メイ子が土方を押し退《の》けるようにして三沢の胸倉を摑んだ。

「悪かった……本当に悪かった」

「悪かったで済むか！ てめえっ、達也がどんな思いでいると思ってんだ！」

今度は土方がメイ子を押し退け、三沢の胸倉を奪い返した。

「わかってる……僕だって、まどかが……」

「あんたは自業自得でしょうが！ どうしてくれるのよ！ どうしてくれるのよ！」

ふたたびゲットした胸倉を、メイ子が激しく前後に揺すった。

ふたりとも、雌猫を奪い合う発情期の雄猫のように三沢の罵倒権を競った。

「ふたりとも、やめなさい。内輪揉めしても、しょうがないでしょう」

それまで黙って様子を窺っていた役所が、土方とメイ子を諭した。

「だって、彼のせいで、絶好のチャンスを逃したのよっ」

「そうだ。なんでこいつを庇うんだっ。馬鹿ひとりのせいで、俺らまで道連れにされちまうぜ！」

メイ子と土方が、サッカー王国ブラジルチーム並みの連係プレーで三沢を攻め立てた。

「私は、別に新入り君を庇っちゃいない。たしかに彼は無能で厄介者で足手纏《まと》いかもしれない。しかしね、いまそれを言ったところで、状況が変わるわけじゃない。早急に、次の手を考えようじゃないか」

庇うふりをしながら結果的には一番ひどいことを言う男……ただし、いまにかぎっては助かった。

「次の手って、なによ？」

「明日、仕切り直しをする」

「一度失敗してんだからよ、疑われちまうだろうが。あんたのことだから、なにかいいアイディアが浮かんだと思ったのによ、ガッカリだぜ」

土方が、吐き捨てるように言った。

「一度失敗してるから、疑われないんだよ。水戸黄門の印籠、プロレス中継の終了時間ギリギリの決着、サスペンスドラマの断崖での告白……作り物ほど、都合よく展開が流れるものだ。メイ子ちゃんの訴えに、大鶴は若干、疑いの気持ちを抱いていたかもしれない。自分を嵌めるつもりなら、必ず夜這い者が現れるはずだ。だが、怪我の功名《こうみょう》というべきか、新入り君が眠り込んだことで夜這い者は現れなかった。私達にとっては失敗でも、大鶴の視点に立てばメイ子ちゃんの話にリアリティを持たせたという意味において成功とも言える」

「でも、どうやって大鶴を誘うの？　今夜現れなかったんだから、もう、きてくれないいんじゃないの？」

「明日、訓練前に、大鶴さんが帰ったあとに、夜這いされたと言うんだ。奴は、プライドにかけて捕まえてやろうと燃えるだろう」

役所が言うと、不思議な説得力があった。

「わかったわ。やってみる。だけど、あんたのせいで、また、今日トレーニングを受けなきゃならなくなったわ」

いつの間にか、メイ子は、自分のことを新入りさんからあんた呼ばわりするようになっていた。

「今度寝やがったら、ただじゃ済まねえからな！」

土方が、迫力満点の巻き舌で恫喝してきた。

「次は、私も庇えないからね」

役所が心に突き刺さるような冷眼を投げてきた。

「わ、わかった……」

三人から攻撃されて、立つ瀬がなかった——穴があったら入りたかった。

蚊の鳴くような声よりも頼りない、ショウジョウバエの鳴く声で言うと、三沢は頷いた。

8

「任務を遂行するには、技術はもちろんのことだが、恐怖心を払拭《ふっしょく》することも大事だ。トレーニング九では、そのへんを重要視する」

午前七時きっかりに地下室に入ってきた大鶴が、開口一番に言った。

サングラス男が二匹、坊主女が二匹……合計、四匹のドーベルマンを連れていた。

ふたりは、五メートル間隔で四匹を鎖で繋ぎ始めた。鎖の長さは、約二メートルほどだった。

そして、それぞれのドーベルマンの鎖の届く範囲内に、風船を置いていた。

とてつもなく、いやな予感がした。

「あの風船を一番最初に割った者にポイントを与える。みてのとおり、風船を割るにはドーベルマンの行動範囲内に入らなければならない。言うまでもないが、タイミングを誤れば大怪我をすることになる」

大鶴が、鼻の上に皺を寄せ、歯茎と牙を剝き出しにして三沢達を威嚇《いかく》する四匹のドーベルマンに右手を投げた。

まずい……本当にまずいことになった。

三沢は、小学校の頃に、近所の酒屋で飼っていた柴犬の頭を撫でようとしたときに咬みつかれたことがトラウマになり、以来、犬恐怖症となった。

愛玩犬にさえ近寄れないというのに、ドーベルマンなんて……ありえなかった。

だが、役所が三ポイント、メイ子と土方が二ポイントを挙げているのにたいして自分が一ポイントという現状は、トラウマがどうのと言っている場合ではなかった。

ここでメイ子と土方に並んでおかなければ、みなとの距離がどんどんと開いてしまう……って、自分は、なにを焦っているのだ?

大鶴を人質にここから脱出するのだから、ポイントをいくら積み重ねようが意味はない。トレーニングをこなしてポイントを争っているのも、「計画」を実行するまでの話だ。

とはいうものの、万が一失敗したときのためにポイントを稼げるだけ稼いでおく、という保険をかける気持ちがあるのも事実だ。

だからこそ、役所も土方もメイ子も、トレーニングとなると人格が変わったようになり、相手を蹴落とそうとするのだろう。

役所は最愛の娘、土方は最愛の彼、メイ子は最愛のペット……そして自分は最愛の婚約者を助け出すために、あらゆる展開を想定しながらベストを尽くす必要があった。

坊主女が、アイスピックを三沢、メイ子、役所、土方の順に手渡した。

「用意はいいか？」

あれやこれやと頭を悩ます余裕を、大鶴はくれる気はなさそうだった。

「レディー」

大鶴のかけ声に、心臓がバクバクとなり、アイスピックの柄を握り締める掌が汗ばんだ。

四匹並んだドーベルマン——左端の犬が三沢の対戦相手なのだが、ほかの三匹より躰がでかくて凶暴そうにみえた。

萎縮する気力……竦む両足。

まどかを救うため……まどかを救うため……まどかを救うため……三沢は魔法の言葉で、萎えかける気持ちを奮い立たせた。

「ゴー!」

トレーニング開始の大鶴の合図とともに、ダッシュした……つもりだったが、犬歯を剥き出しに唸るドーベルマンに、一歩踏み出したところで足が止まった。

風船までの距離は四、五メートル。右隣のメイ子も両足がフリーズしていた。

土方が最初に、少し遅れて役所が飛び出した。

唯一の仲間だったメイ子も意を決したようにふたりに続いた。

ひとりだけ取り残され、骨盤に焦燥感が這い上がる。

三沢は、敵陣に突っ込む兵士の決意で、風船に向かって突進した。

「うわっ……」

風船にアイスピックを突き立てようとした土方にドーベルマンが飛びかかるのをみて、三沢の突進が止まった。

土方のイメージからは想像もつかない情けない悲鳴が、三沢の恐怖心に拍車をかけた。

続く役所も、風船の一メートル手前あたりで、危うく足を咬まれそうになり、バランスを崩して尻餅をついた。

「ほーらほらほら、いいコだから、おとなしくしててねー」

三沢が躊躇している間に、メイ子が赤子をあやすように一歩ずつ、ドーベルマンとの距離を詰めた。

その手があったか！

「よしよーし、いいコだぞ～」

腰を屈め気味にし、目一杯の猫撫で声を出した――恥も外聞もなく、三沢はメイ子のまねをした。

メイ子が、軽蔑の色を宿した眼で三沢をみた。

彼女にどう思われようが、関係なかった。

メイ子からは卑しい小判鮫にみえても、まどかにとっての王子様であれば、それでいい。

メイ子の犬も三沢の犬もいまのところお座りの姿勢でおとなしくしてはいるが、先にスタートしたぶんだけ一メートルほどメイ子がリードしていた。

三沢はピッチを上げた……といっても、あまり急速にスピードアップするとドーベルマンを刺激してしまう。

八十センチ、七十センチ、六十センチ……メイ子との差が詰まってゆく。

が、メイ子と風船の距離もあと二メートルほどに近づいていた。

このペースでは、確実にメイ子のほうが先に風船に到達してしまうだろう。

三沢が僅かにピッチを上げると、ドーベルマンが腰を浮かせた。

やはり、スピードを上げるのはまずい。

三沢は、歩調をもとのペースに戻した。

逆に、メイ子は歩調を上げた——ほとんど小走り状態になっていた。

焦燥感が、三沢の足を踏み出させた。

ここで腰を退いたら、間違いなくメイ子にポイントを奪われてしまう。

メイ子に肩を並べた。ドーベルマンが完全に立ち上がり、臨戦態勢を取った。

立ち止まりたい衝動に懸命に抗《あらが》った。

風船まで一メートルを切った瞬間、隣のドーベルマンがメイ子に襲いかかった。

「いやぁーっ！」

メイ子のスエットの裾を、ドーベルマンが咬みちぎった。

メイ子の空を切り裂くような悲鳴に、三沢の足がふたたび止まった。

「犬畜生が、なんぼのもんじゃい！」

絶叫とともに、疾風の如き勢いでドーベルマンに突進する影……土方が、玉砕覚悟で突っ込んだ。

ほとんど同時に、ドーベルマンも風船に向かって唸り声を上げながら駆け出した。

「痛ってぇーっ！」

土方の叫び声と風船の破裂音が交錯した。ドーベルマンの牙が土方の左腕に突き立っていたが、風船は割れていた。

「離しやがれっ、この野郎！」

土方が立ち上がり、力任せにドーベルマンを振り回し壁へと叩きつけた。

「並んだぞっ、こら！」

血塗れの左手で役所を指差し、土方がプロレスラーのマイクパフォーマンスさながらの巻き舌を浴びせかけた。

土方の鬼気迫る表情をみて、三沢は悟った。

彼らがここから逃げ出そうとしているのは事実だ。

だが、逃げ出せなかったときのことを考えて全力でポイントを奪いにきているのも事実だった。

そして、三沢もトレーニング十からなりふりかまわずポイントをゲットしにいくことを誓った。

9

電気が消された。

「今度は寝るんじゃねえぞ」

「二度目は、洒落《しゃれ》になりませんよ」

土方と役所が、各々のベッドに向かいつつ三沢に捨て台詞を残した。

「わかってるよ」

三沢は不貞腐れた顔で言うと仰向けになった。

今夜は、絶対に眠れない。

三沢は、エジプトのツタンカーメン王さながらに大きく眼を見開いた。

メイ子は、今回も成功するだろうか？

昨日、自分が寝てしまったせいで、大鶴は現れない夜這い魔を二時間も待っていたのだ。

三沢は、睡魔が訪れないように、この地下室に連れてこられてからの、数々の屈辱、数々の恐怖を故意に頭に思い描いた。

ドアが解錠する金属音。背筋に這い上る緊張感。

きた、きた、きた……三沢はカッと見開いていた眼を閉じた。
鉄パイプが軋《きし》む音、シーツの布擦れの音……メイ子がベッドに入る気配があった。
ここからが勝負だ。
昨日は、メイ子がベッドに入ってから、いつの間にか睡魔にさらわれていた。
大鶴の突き刺すような気配を感じつつ、三沢は機会《とき》を待った。
十、二十、三十……口内で数をカウントした。
百になったら、行動を開始するつもりだった。
四十、五十、六十……。
睡魔は襲ってこないが、代わりに、躰が緊縛されたようにガチガチに強張った。
七十、八十、九十……。
落ち着け、落ち着け、落ち着くんだ。
九十一、九十二、九十三、九十四、九十五……。
深呼吸を繰り返し、高ぶる気を静めた。
あまりの緊張に吐き気を催した。
九十六、九十七、九十八、九十九……百。
三沢は、そっと身を起こした。
足がガクガクと震えていた。

規則正しい寝息を立てるメイ子……もちろん、演技なのは言うまでもない。

大鶴にいきなり後頭部を殴られたら？

いきなり首を絞められたら？

いきなり背骨に飛び膝蹴りを食らったら？

メイ子のベッドの脇に立ち尽くす三沢の脳内に、様々な危惧が飛び交った。

さっきまでは察することができた大鶴の気配は消えた。

が、間違いなく大鶴は近くにいる。

草を食《は》むインパラを狙うライオンのように、息を殺し、身を潜めているに違いなかった。

横目で、メイ子の隣のベッド——土方の様子を窺った。

土方も、薄目を開けてこちらの様子を窺っていた。

視線を、メイ子に戻した。

なにをもたもたしている？　はやく、メイ子のベッドに忍び込むんだ。

まどかを救うには大鶴を捕らえなければならない……そのためには、メイ子に夜這いをかけなければならないのだ。

自分を叱咤し、三沢は腰を屈めた。メイ子の掛け布団に手をかけた——そっと捲ると、横向きに寝ている彼女のTシャツにスパッツ姿のなまめかしい肢体が眼に飛び込んできた。

Tシャツの胸もとを盛り上げるふくよかな膨らみ、腰から太腿にかけてなだらかな弧を描くヒップライン、きゅっ、と引き締まった足首……芝居とはいえ、あまりにもエロティックなメイ子のボディに、鼓動が緊張とは別の理由で高鳴った。

自分は夜這い魔の役だ。乳房をまさぐるくらいしなければ、リアリティを出せはしない。卑猥な欲求を満たすためではない。これは、作戦を成功させるための演技なのだ。

三沢は自らを正当化し、震える手をメイ子の胸に伸ばした。

「動くな」

不意に背後から首を絞められ、後頭部に硬い物を押しつけられた。

大鶴……。

「こらっ、てめえ！」

土方の怒声。よし、行けっ、いまだ！

三沢は心でエールを送った。顔前を大鶴の腕が横切り、銃口が土方に向けられた。

突進しようとした土方の動きがピタリと停まった。

「おい、電気をつけろ」

「はい！」

大鶴の指示に、役所がベッドから飛び下りフロアを駆けた。

青白い蛍光灯の明かりが、薄闇を取り払った。

「メイ子から、夜な夜な変質者が現れると相談を受けてな。ところで、お前は、なにをやっているんだ？」

大鶴が、みなの顔を見渡しながら言うと、最後に、拳を振り上げたまま拳銃に動きを封じられた土方で視線を止めた。

「い、いや、俺も、この変態野郎の痴漢現場を取っ捕まえてやろうと思ってたからよ」

「なっ……」

三沢は後頭部を強打したような衝撃に襲われた。

「お前も、気づいてたのか？」

大鶴が、視線を役所に移した。

「ええ。どうやら、新入り君がメイ子ちゃんに夜這いをかけてるみたいで、現行犯で捕まえてやろうって相談してたんですよ」

「ちょっ、あんた……」

「動くなと言ってるだろう！」

役所を指差そうとした三沢を、大鶴が一喝した。

「本当に、最低の男だわ。信じらんない。ド変態色情狂男！」

メイ子が嫌悪感を丸出しにして、眉間に縦皺を刻み、聞くに耐えない罵詈雑言を浴びせかけてきた。

「ド、ド変態色情狂男……？」

三沢は、あまりのショックに怒りを通り越し、放心状態になった。

信じられないのはこっちのほうだ。

大鶴に拳銃を向けられ、土方が襲撃を断念したのは仕方がないにしても、自分ひとりに罪を被せるというのは、どういうことだ？

計画が失敗したとはいえ、この扱いはひど過ぎる……。

もともと信用ならない連中だとは思っていたが、まさか、ここまで卑怯だとは思わなかった。

「君達は、よくもしゃあしゃあと……」

「罰だ！　腕立て伏せ五百回！」

三沢の抗議を、大鶴の怒声が遮った。

「う、腕立て伏せを五百回⁉　な、なんで僕がそんなことをしなければならないんだ！」

「お前は、犯罪を犯した。その程度のペナルティで済んで、ありがたく思え」

冷え冷えとした口調で、大鶴が言った。

「僕は、ペナルティを受けなければならないようなことは……」

三沢は、自分に向けられた漆黒の銃口に息を呑んだ。

「腹を撃ち抜かれるのと、腕立て伏せとどっちがいい？」

ハッタリではない。大鶴は、本当に引き金を引くに違いない。

殺気の籠った眼が、それを証明していた。

三沢は唇を嚙み締めつつ、腕立て伏せの姿勢に入った。
一、二、三、四、五……はやくも、腕が強張ってきた。
五百回なんて、とてもではないができるはずがない。

自慢ではないが、幼い頃から、大柄な女子に負けるほどの非力だった。

が、それを言ったところで、聞き入れてくれるような相手ではない。
十、十一、十二、十三、十四、十五……息が荒くなり、全身の毛穴から汗が噴出した。
十八、十九、二十……腕がガクガクと震え、躰を支えるのが精一杯だった。
もう、ただの一回さえも、腕を曲げることはできない。

「動きが止まってるぞ！」

大鶴の怒声に躰を沈めようとしたとき、そのまま、床が視界に広がった。

「なにやってんだ？　まだ、二十回だぞ！」

大鶴の爪先が、脇腹に食い込んだ。

息が詰まった。

三沢は、歯を食いしばり、腕を伸ばした。
二十一、二十二、二十三……。
ふたたび潰れた。今度は肩に飛んでくる爪先。

二十四、二十五……。
潰れた。蹴りを受けた。腕を伸ばした。

二十六……。

潰れた。蹴りを受けた。腕を伸ばした。

二十七回目……沈めた躰を、持ち上げることができなかった。

「も……もう……む……無理……です……」

息も絶え絶えに、三沢は言った。

心臓が張り裂けそうだった。脳内の酸素がすべて蒸発し、青黒っぽくぼやけた視界がグルグルと回った。

「ほらっ、どうした！　立て、立たんか！」

大鶴の蹴りが容赦なく、気息奄々《きそくえんえん》の三沢の全身に浴びせられた。

しかし、三沢には、腕立て伏せを再開する体力は、一滴たりとも残ってはいなかった。

「ほ……本当に……駄目です……ゆ、許して……くだ……さい……」

「情けない奴だ。仕方ない。今回は、許してやる。だがな、次にもう一度同じことをやったら、腕立て伏せ程度じゃ済まない。わかったな？　ド変態色情狂男君」

大鶴が蔑むような声を残し、地下室をあとにした。

「お……お前ら……ど、どういうつもりだ……？」

三沢は、俯せに倒れたまま、掠れ声を絞り出した。

「悪く思うな。チャカ構えられちゃよ、いくら俺でもどうすることもできねえわな」

悪びれたふうもなく、土方が言った。

「だ、だからって……ぼ、僕ひとりに罪を被せて……ひどいじゃないかっ」

大声を出した途端に、脇腹に疼痛《とうつう》が走った。

大鶴に蹴られて、肋骨《ろっこつ》がどうにかなったのかもしれない。

「土方さんの肩を持つわけじゃないが、あの場合は、君に犠牲になってもらうしかなかったんだよ。気の毒には思うがな。とりあえず、済まなかったね」

「私も、あなたを罵《ののし》っている間、罪悪感の海に溺れそうだったわ。そういうことで、一応、ごめんんね」

役所もメイ子も、詫びの言葉を口にしているが、ちっとも心が籠っておらず、反省しているふうはなかった。

反省しているどころか、彼らの謝りかたは、三沢の神経を逆撫でした。

「それで、謝ってるつもりか？　謝って済む問題じゃないけど、せめて、誠意をみせるところから始めなければ、話にならないだろうっ。それを、とりあえず済まなかっただ？　一応ごめんんだ？　僕を裏切っておいて、そんな謝りかたはおかしいと思わないのか⁉　え？　どうなんだよ！」

大声を出すたびに、脇腹だけではなく方々《ほうぼう》が痛んだが、黙ってはいられなかった。

仏の顔も三度まで、どころか、もう、十度も二十度も彼らの傍若無人な振る舞いを許してきた。

が、ここまでだ。

いくら自分がお人好しだといっても、物には限度がある。

これ以上、三人に好き放題やられたら、それは、お人好しでもなんでもなく、ただの奴隷に過ぎない。

「てめえっ、おとなしく聞いてりゃ、なに調子こいてんだ！　あ！　肋骨を、一本一本へし折ってやろうか⁉」

「そんな脅しには……屈しないぞ」

三沢は渾身の力を振り絞り、立ち上がった――ふらつきながらも、土方の前から一歩も退かなかった。

粗暴で喧嘩自慢の土方に挑むことが、どれだけ無謀な行為かはわかっていた。

しかも、三沢は大鶴の蹴りで満身創痍《そうい》というハンデを背負っているのだ。

三沢が土方とやり合って勝てる確率は、足を折ったチワワが土佐犬を倒す確率に等しい。

つまり、三沢が言いたいのは健康体であっても太刀《たち》打ちできない相手なのに、その上、怪我までしている状態で勝てる確率は万にひとつもない、ということだ。

頬に、メイ子の熱い視線が突き刺さり、火傷《やけど》しそうだった。

困ったことになった。

女は、すべてをなげうち強大な敵に向かってゆく男の姿に痺れるものらしい。

まさに、いまの自分がそうだ。

だが、自分にはまどかがいる。メイ子の想いに、応えることはできないのだ。

「ほう、上等じゃねえか？　だったら、お望みどおりにしてやるぜ！」

「土方さん、落ち着いて。そんなことをしたら、ペナルティになるだけです」

役所が、三沢の胸倉を掴もうと腕を伸ばした土方を諭した。

正直、ホッとした。

メイ子の手前、平静を装ってはいたが、恐怖に陰嚢《いんのう》が縮み上がっていた。

「新入り君、気持ちはわからないでもないが、君も私達にたいしての言葉を慎んだほうがいい」

役所が、土方から三沢へ視線を移すと苦虫を噛み潰したような表情で言った。

「よくもそんなことが言えるな？　僕は、君達のせいで……」

「では、ほかにどんな方法があったのかを聞かせてくれ。あの状況下で君を大鶴から助けるとなれば、事実を打ち明けるほかなかった。そんなことをすれば、全員、あの程度のペナルティでは済まなかったはずだ。へたをすれば、殺されたかもしれない。私達のことではない。人質をだ。私達には、暗殺任務を遂行させなければならないので、手を出せないからね」

「案外、あんたも抜けてるな。なんのための人質だ？　僕達を自分達の指示に従わせるためだろう？　言うならば、大鶴達にとって人質は切り札だ。殺すわけ、ないじゃないか」

三沢は、勝ち誇ったように唇の片側を吊り上げニヒルに笑った。

最初は頼りない人だと思ったけど、私の思い違いだったわ。三沢さんって、普段は三枚目を演じているけど、本当は凄く男らしい人なのね。

メイ子の心の声が聞こえてきそうだった。

「なにが人質は切り札だ、よ。ばっかじゃないの」

「へ⁉」

予期せぬメイ子の罵倒に、三沢は間抜け声を上げた。

「奴らが人質を殺したかどうかなんて、どうやって知ることができるのよ？」

「それは……」

三沢は、返答に詰まった。

「まだわからないの？　私達は、人質の居場所も知らないし、電話で声も聞かされてないのよ？　もしかしたら、もう……ガンジー……」

メイ子が声を詰まらせ、突然に泣き崩れた。

「達也、会いてえよ……達也、達也……」

今度は土方が恋人の写真を取り出し、涙声で名前を繰り返し呼んだ。

「恵美子《えみこ》、ごめんな……」

役所までが、肩を震わせ嗚咽《おえつ》に咽《むせ》んでいた。

涙の連鎖反応に感染し、三沢も鼻の奥がツンとなった。

しばらくの間、地下室に四人の啜り泣きが響き渡った。

「ねえ、いろいろあったけど、もう一度、お互いに手を組んで、計画を練りましょうよ」

メイ子が、洟《はな》を啜りつつ、みなに呼びかけた。

「そうだね。四人とも、つらい境遇は同じだし、それぞれの愛すべき存在のためにも、一丸となって立ち向かおうじゃないか」

役所が、まっ赤に泣き腫らした眼を見開き、握り締めた拳を振り上げた。

「おう、やってやろうじゃねえか！」

土方が鼻水を垂らしながら興奮気味に言った。

「新しいアイディア、なにかあるのかい？　あんたがなにか考えてくれなきゃ、なにも始まらないだろう？」

この地下室にきた当初から反りが合わずに対立ばかりしていた役所に、三沢は自ら歩み寄った。

「新入り君、君もなかなかかわいいところがあるじゃないか。じつは、もう、次の手を考えてあるんだ」

役所が、得意げな表情でみなの顔を見渡した。

「さすが、役所さん。頼りになるぅ。ねぇねぇ、どんな手を考えたの？」

「おう、俺も聞きてえよ」

メイ子と土方が、瞳を輝かせ身を乗り出した。

「明日か明後日か……いつかはわからないが、必ず外でのトレーニングがある。シンプルイズベスト。私達のうちの誰かが、助けを求めるんだよ」

「え……？　それだけ？」

メイ子が、拍子抜けの顔で言った。

「そう、それだけだ」

「そんなもん、新しい手でもなんでもねえじゃん。それによ、そんなことしたら、達也が殺されちまうじゃねえか」

「土方さんの言うとおりよ。私達が奴らの言うことに逆らえないのも、囚われている大切な人に危害が加わらないようにするためでしょう？　そんな浅はかな考え、役所さんらしくないわ」

「言っただろう？　シンプルイズベストだって。『ドンキーホンテン』のときを考えてごらん。奴らは、トレーニングの間は車の中に待機してはいるが、店内には入ってこなかった。もし、そのとき、店員に事情を全部打ち明けていたら？」

「たしかに、あのときは、大鶴達は店内に入ってこなかった。僕がここへ連れてこられる前にひとりで受けたテストのときも、彼らは車で待っているだけだった。だけど、奴らに知られないように誰かに助けを求めることに成功したとしても、どういうふうに言うんだ？　僕らは、僕ら自身がどこに囚われてるかも、もちろん、人質の監禁場所も、奴らの正体も知らない。助けてもらいようがないだろう？」

三沢は、素朴な疑問を口にした。

「尾行だよ。事情を話して車を運転できる人間に私達の乗った車を追跡してもらうのさ」

「なるほど！　それで、その協力者に警察《サツ》にタレ込ませるってわけだな」

興奮する土方。頷く役所。

「警察に三人を一網打尽にさせ、人質の居場所を吐かせる。一石二鳥というわけだよ」

「でも、そううまくいくかしら。助けを求めた相手がそんな危険なことを受けてくれるかどうかって問題があるし、引き受けたとしても、大鶴達にバレずに尾行できるかって問題もあるし……」

不安顔になるメイ子。

「失敗に終わる可能性は否《いな》めないけど、ほかに、方法はないわけだし、賭けてみるしかないんじゃないのかな」

役所の心を、三沢は代弁した。

「新入り君、どうしたんだ？　こんなに君と意見が合うと、なんだか気持ち悪いな」

「呉越同舟《ごえつどうしゅう》ってやつさ。目的の港は一緒なんだから、いつまでも啀《いが》み合ってても仕方ないだろう？」

「新入りさんの言うとおりね。ところで、外でのトレーニングがあったときに、ＳＯＳは誰が出すの？　私は、ちょっと自信がないな。もし、失敗したらと思ったら、怖くて」

「俺も自信がねえな。気が短いからよ、少しでも迷惑な顔をされたら怒鳴っちまうんじゃねえかと思ってな」

後込《しりご》みするメイ子と土方をみて、三沢はいやな予感に苛《さいな》まれた。

助けを求める役になった者は、当然、そのトレーニングでのポイントは諦めなければならない。

だから、ふたりは、引き受けたくないのではないか？

そして、言い出しっぺの役所もそれは同じで、結局自分に……。

三沢の脳内で警報ベルが鳴った。

「ぼ、僕も、今回の夜這い魔役で一度失敗してるし、もう、プレッシャーのかかる役目はいやだな」

貧乏くじを引かされる前に、先手を打った。

もう、損な役回りを押しつけられるのはごめんだ。

「三人とも、心配する必要はないさ。SOSを出す役は、私が引き受けよう。『夜這い作戦』では、私だけなにもしなかったからね」

意外だった。三沢は、役所のことを少しだけ見直した。

「よっしゃ、誓いのスクラムだ」

土方が、右手を前に伸ばした。

役所、メイ子が次々と土方の手に手を重ねた。

彼らから受けた様々な屈辱が脳裏に蘇る。

が、今度は、信じることができる。

三沢は自分に言い聞かせ、躊躇する気持ちを振り払った——三沢は、メイ子の手に自分の右手を重ねた。

10

「あと二、三分ってところだね」

歯を磨きながら、役所が腕時計に視線を落とした。

いまは午前九時五十七分。トレーニングの開始は、午前十時だ。

土方はエネルギーが有り余っているのか、今日の計画に向けて気持ちがはやっているのか、朝っぱらから腕立て伏せをやっている。

「今日、外のトレーニングはあるのかな？」

メイ子がハンドミラーを片手に髪を梳《と》かしつつ、誰にともなく訊ねた。

「あんたは、どう思う？」

役所に話を振った三沢の頭は、まだアルファ波で靄《もや》がかかっているようにぼんやりとしていた。

昨日……というか今日は、結局ベッドに入ったのが午前七時頃で、九時半に起きたので睡眠が三時間も取れていなかった。

「室内でのトレーニングのバリエーションもそろそろ出尽くした頃だから、十分にありえるんじゃ……」

役所の声を遮るようにドアが開いた。

「おはよう、諸君」

サングラス男と坊主女を従えた大鶴が現れた。

「トレーニング十は外で行う」

大鶴の言葉に、三沢は内心ガッツポーズを作った。

「トレーニング十の勝利者は、特別に三ポイントを与える」

メイ子と土方が、三沢と役所が顔を見合わせた。

三ポイントゲットとなれば、現在一ポイントで最下位の三沢も役所を抜き去りトップに立つ。

いや、そういう問題じゃない。

役所が出すSOS——今日でこの理不尽なトレーニングも終わりになるはずなので、トップになったところでなんの意味もない。

解せないのは、トレーニング十だけが、

「ど……」

「どうして、今回だけ三ポイントなんですか?」

三沢が口を開く前に、役所が訊ねた。

「トレーニング十は、いままでの中で最も難易度の高いものだ。実行現場は、あるヤクザの事務所だ。そこの組長は、カツラを付けている。そのカツラを強奪してくるという任務だ」

地下室内の空気が瞬時に凍てついた。

役所、土方、メイ子の顔が蒼白になっていた。

ヤクザの組長のカツラを強奪……そんな任務の最中に、SOSを出せるわけがない。

第一、ヤクザにSOSを出したところで、警察に協力を仰ぐとは思えない。

救出してもらえるどころか、へたをすれば、ヤクザ達によって殺されるかもしれない。

「さあ、出発だ」

大鶴の声が、青褪めた脳内に寒々と響き渡った。

「ほら、アイマスクだ。動くんじゃない」

サングラス男の声に続き、視界がまっ暗に染まった。

11

鼓膜に忍び込む喧騒と排気音に、心音が重なった。

車がスローダウンし停車するたびに、実行現場に到着したのだろうかと、その心音が音量を増した。

アイマスクで奪われた視界が、恐怖心に拍車をかけた。

――実行現場は、あるヤクザの事務所だ。そこの組長は、カツラを付けている。そのカツラを強奪してくるという任務だ。

つい二、三十分ほど前に大鶴の口から出たトレーニング十の任務は、信じ難いものだった。

大鶴曰く……いままでの中で最も難易度の高いもの、らしいが、難易度云々の前に、へたをすれば殺されてしまう。

——トレーニング十の勝利者は、特別に三ポイントを与える。

たしかに、三ポイントは大きい。

トレーニング九までは、役所と土方が並んで三ポイント、メイ子二ポイントで続き、三沢は僅か一ポイントで最下位だった。

しかし、今度のトレーニングで三ポイントをゲットすれば、三沢は三人をぶち抜き一気にトップに立つ。

が、それも命あっての物種だ。

それに、役所、土方、メイ子とは、屋外でのトレーニングの際に、実行現場の人間に助けを求めようと話し合っていたのだ。

駆け込み寺でもあるまいし、ある組織に人質を取られてるから助けてくれ、などと、組事務所に四人で乗り込んで訴える者はいない。

逆に、どこかの組織のヒットマンと間違われ、撃たれる恐れがあった。

しかも、自分達は乗り込むだけではなく、組長のカツラを引っ剝がしてこなければならないのだ。

このトレーニングの危険性は、ピラニアが蠢くアマゾン川でシンクロナイズドスイミングをする、もしくは、BSEに罹《かか》った牛の危険部位をタタキで食うことに匹敵する。

車が発進した。どうやら、信号待ちで停まっていたようだ。

「あと、数分で目的地に到着する」

安堵の息を鼻から漏らそうとした三沢の心拍を、大鶴の声が跳ね上げた。

「最初に断っておく。万が一、このトレーニングで全員が戻ってこなくても、俺達は痛くも痒《かゆ》くもない。これまでのトレーニング期間は無駄になってしまうが、そんなものはたかが数日の話だ。また、新たな暗殺者予備軍を探せばいいだけの話だ。だから、なにかあったら助けてくれるだろうなどと甘い考えを持つのはよせ。四人とも、殺されてしまう可能性は十分にあるということを、しっかりと頭に刻み込んでおけ」

大鶴の言葉のひとつひとつが、三沢を絶望の底へと誘った。

使い捨て……つまり大鶴は、トレーニングに失敗したら自分達をポイ捨てするつもりなのだ。

四人の存在価値は彼らにとって、使い捨てカイロやコンドーム程度のものなのだ。

「トレーニングが失敗しても、殺される前に囚われて拷問にかけられるはずだ。私達を乗り込ませたのは誰か……黒幕の正体を突き止めるためにな。私達を見捨てたら、あんたらのことも話してしまうよ？　相手はヤクザだ。君達が何者なのかは知らんが、ちょっと、まずいことになるんじゃないのかな？」

遠回しな恫喝——役所の声だった。

さすがは知恵袋だけのことはある。

三流バイオレンス映画ではあるまいし、四人が事務所に乗り込んでも、役所の言うようにいきなり拳銃を発砲してきたりナイフで刺してはこないだろう。

袋叩きにされた上で監禁され、背後で糸を引いているのは誰かを問い詰めてくるはずだ。

そうなれば、奇跡の大逆転が起こるかもしれない。

奇跡——四人で打ち合わせていたように、助けを求められる展開に流れる可能性は皆無ではない。

いや、それならばいっそ、カツラ強奪のトレーニングを放棄すればいいのだ。

どういうことかと言えば、組事務所に乗り込むのではなく、礼儀正しくインタホンを押し、ドアが開けばすかさず土下座する。

そして、涙ながらに事情を話せば、ヤクザの怒りは自分達ではなく大鶴達に向くに違いない。

「俺達のことを話すって、どこの誰だかわからないのに、どうやって説明するんだよ?」

「どこの誰だかわからなくても、この車に乗り込まれたら……」

「俺達は、お前らがバンから降りたらすぐに車を移動させる。ヤクザが飛び出してきたところで、既にバンは遠くに行っている。ヤクザは、名前も顔も知らない俺達のことをあてもなく探すことになるのかな?」

食い下がる役所の言葉を遮り、大鶴が勝ち誇ったように言った。

三沢の中で膨張した希望が、空気が抜けた風船のように萎《しぼ》んでいった。

迂闊《うかつ》だった。

自分達が土下座してなにを訴えようが……ヤクザが怒り狂い血眼《ちまなこ》になって黒幕を探そうとしようが、超能力者でもないかぎり、名前も顔もわからなければどうしようもないのだ。

バンがスローダウンするのを体感した。今度こそ信号待ちではなく、目的地に到着したに違いなかった。

「アイマスクを取ってやれ」

勘は当たった。昔から、こういう当たらなくてもいいことだけは、しっかりと当たってしまうのだ。

不意に、視界を光に灼かれた。

灰色にくすみ、ゴミゴミとした町並み——すぐに、大久保だということがわかった。

ヤクザの事務所が、いかにもありそうな場所だ。

「おい、あれを配れ」

大鶴に命じられたサングラス男が、四人に携帯電話を配った。

「今回は特別に制限時間は三十分だ。三十分経ったら、それぞれの携帯に連絡を入れる。

こっちが指定した場所に戻ってきてもらう。十分待ってこなかった奴は脱落とみなして置いてゆく。もちろん、その場合、脱落者の人質の命はないと思え」

今度は、膨張した絶望が三沢の脳内を支配した。

大鶴達がどのくらい離れた場所にいるのかわからないが、十分で戻らなければ脱落というのは厳し過ぎる。

が、その反面、三沢には一縷《いちる》の望みがみえてきた。

一縷の望み――支給された携帯電話だ。

しかし、大鶴も意外と抜けているところがある。

携帯電話など渡したら、警察に通報されるかもしれないということがわからないのだろうか？

「お前らに渡したのは、受信専用の携帯電話だ。発信はできないから、警察に通報しようだなんて間抜けな考えを持つのはよせ。まあ、警察に通報したところで、さっきのヤクザの話と同じで、俺達のあとを追うことはできないがな」

三沢は、顔面の毛細血管が怒張するのを感じた。

「さあ、わかったなら、そろそろトレーニング開始だ。一階に不動産会社が入っている雑居ビルの四階が、組事務所になっている。いまは十一時半。十二時にお前達の携帯に電話を入れる。その時点で、組長のカツラを手にしていた者が勝ちだ」

「ヤクザの組長は、いま、本当に中にいるの？」

メイ子が、大鶴に疑問を投げかけた。

もし組長がいなければ、トレーニングは行えない。

しかし、それは組事務所の中に踏み込んでの話であり、組長がいなければ何事もなく済ませるというわけにはいかない。

身に危険が及ぶことには、変わりないのだ。

だが、組員が命を懸けて守る組織の長に恥をかかせるよりは、遥かにましだ。

「昨日、敵対組織のヤクザから若い衆のひとりが刺された揉め事があって、朝から緊急対策会が開かれている。もちろん、組長も詰めているから安心しろ。因みに、組長の鼻の頭には大きな黒子《ほくろ》があるから、すぐにわかる」

瞬間、四人の顔からさっと血の気が引いた。

「それはよ、いくらなんでもヤバ過ぎんだろうが⁉」

あの恐いもの知らずの凶暴男――土方が血相を変えた。

ただでさえ危険なトレーニングだというのに、トラブル真っ最中の緊迫した組事務所に押し入り、怒りの頂点に達している組長のカツラに手をかけるなんて……自ら戦場に飛び込んで行くようなものだ。

「見ず知らずの人間を殺すという任務を課せられたお前達には、これくらいのプレッシャーは必要だ」

一切の感情の籠らない機械的な口調で言うと、大鶴がサングラス男に目顔で合図した。

サングラス男が、無情にもスライドドアを引いた――地獄の幕が開いた。

いつものトレーニングならターゲットに向かって我先にダッシュするところだが、誰ひとりとして駆け出す者はいなかった。

最後にメイ子が降りたのを見計らい、バンが発進した。

普段はどこかへ消えてほしいと願う大鶴達も、今日だけは、そばにいてほしかった。

「ねえ……どうするのよ？」

遠ざかるテイルランプを心細そうに見送るメイ子が、誰にともなく訊ねた。

「そうだねぇ……」

さすがの役所も、今回ばかりは唸るだけしかできないのか？

「とりあえず、警察に……はまずいよな」

三沢は、すぐに言い直した。

人質の身が危ない。そんなわかりきったことを忘れてしまいそうになるほど、気が動転していた。

「なんだなんだ、みんな、なにビビってんだよっ。肚決めるしかねえだろうが！」

土方が、みなに、というよりも自分を鼓舞するように叫んだ。

「そうだね」

役所が、大久保通り沿いに建つ雑居ビルを見上げた。

「やっぱり、やるしかないのかしらね」

メイ子が深いため息を吐いた。

「つまり、みなで組長のカツラを奪い合うってことかい？」

「それしかねえだろうが！　それとも、なにか文句があるっつうのかよ！」

恐る恐る訊ねる三沢に、土方が食ってかかってきた。

「もう、いい加減にしてよ！　いつもいつも大声で、びっくりするじゃない！」

今度は土方に、メイ子が噛みついた。

「気が立つのはわかるが、みな、落ち着こうじゃないか」

役所が、これまた自分に言い聞かせるように言った。

「この状況で、落ち着いてなんかいられるか！」

取り乱す土方をみて、三沢の中で余計に恐怖心が増殖した。

「こんな言い合いをしているうちに、もう、五分も経ってしまった。このトレーニングは、誰が勝つとか負けるの問題ではなく、全員無事にここから脱出できるよう、力を合わせていこうじゃないか。とにかく、組事務所の近くで騒いでいたら通行人の眼にもつくし、ヤクザに聞こえないともかぎらない。こっちに、移動しよう」

役所が三人を、組事務所の入る雑居ビルの隣のビルとそのまた隣のビルの合間に誘った。

なるほどここなら、どれだけ大声を出しても組事務所には聞こえないし、ヤクザが事務所に出入りしても大丈夫だ。

いかなるときも冷静さを失わない役所は、やはり頼りになる男だった。

「力を合わせるって、どうするのよ？」

「まずは、タクシーを止めて待機してもらう。ここで、運転手と一緒に待機する人間をひとりだけ残す。それから、乗り込んだ三人のうち、撒《ま》き餌《え》役のふたりがヤクザ達の注意を集め、その間に実行役が組長のカツラを奪い、みなでタクシーに乗り込み交番まで逃げる。交番のある新大久保の駅まで、車なら二、三分だ。いくらヤクザでも、警官の目の前で私達をさらうことはできないだろう。あとは、大鶴達の連絡を待ち、実行役だけ抜け出して呼ばれた場所に向かう。残る三人は警官の護衛付きで、大鶴達が指定した待ち合わせ近くまで行く」

「なるほど！　さすがだな、あんた」

土方が、さっきまでの怒りはどこへやら、破顔一笑して役所の肩を叩いた。

「ねえねえ、だけどさ、誰が待機役で誰が撒き餌役で誰が実行役なの？」

メイ子がふたたび訊ねた。

三沢も、役所の説明を聞くうちに、それが非常に気になっていた。

「そうだね。まず、みかけから同業だと間違われ、ヤクザ達が過剰反応する恐れがある土方さんは、待機役のほうがいい」

たしかに、それは一理あった。

ある意味、ヤクザ以上にヤクザらしい土方をみて、彼らが過敏に反応して攻撃を仕掛けてくる可能性は十分にあった。

「次に撒き餌役のふたりだが……そのうちのひとりはメイ子ちゃんがいいね。女のコがひとりいたほうが相手も気を許すだろうし、差別ではないけど、女性に実行役は厳しいからね」

これも一理あった。

熱り立ったヤクザ連中も、メイ子の美貌とナイスバディを眼にしたら鼻の下を伸ばすに違いなかった。

「もうひとりの撒き餌役だが、これは、やはり、話術に長《た》けている人間がいいと思うんだよ。説得力のある作り話を仕立て上げて、彼らを信じ込ませなければならないのだからね。手前味噌でおこがましいが、このメンバーの中で最も適役なのは私だと思うんだよ」

そうそう、役所の言うとおり……ということは、実行役は⁉

「待ってくれっ。なら、僕が組長のカツラを取る実行役ということなのか⁉」

三沢は、気色ばんだ。

「私達も三ポイントは魅力的だが、ここは、新入り君に譲ろうと思ってね。みんなは、どう思う？」

「まあ、仕方ねえだろうな。おい、新入りっ。てめえ、三ポイントもゲットできてラッキーじゃねえか！」

「そうね。実行役は、新入りさんしかいないわね。あーこれで最下位から一躍トップね。羨ましいわ」

「ちょちょちょちょ……勝手に決めないでくれっ。僕はなにも、ポイントなんて貰わなくてもいいんだ！　羨ましいとかラッキーとか好きなこと言ってるけど、一番危険な役じゃないか⁉」

三沢は、声を張り上げ抗議した。

いくらトップを取ろうが、命を落としたら元も子もない。

「私の提案に新入り君が不満だそうだから、ここは、多数決にしようじゃないか？　新入り君の実行役に賛成の人は、挙手してください」

役所は呼びかけるとまっ先に自らが挙手し、土方、メイ子が続いて手を挙げた。

「ということで、多数決で新入り君の実行役が決定しました」

「そんな勝手な……」

「てめえにポイント譲るって言ってんのによ！　なにごちゃごちゃ文句を垂れてやがんだ

っ」

「そうよっ。三ポイントの権利を新入り君が手にできるわけだから、文句を言っちゃだめよ！」

三沢の言葉を遮ったふたりが、立て続けに責め立ててきた。

「なら、君達がやればいいじゃないか⁉」

三沢は怯《ひる》まずに、反論した。

なにをどう説明されても、ババを摑まされたことに変わりはないのだ。

「多数決で決まったんだ。なんなら、いまから大鶴に言ってもいいんだよ？　新入り君が拒《こば》むからトレーニングはできません、ってね」

「う……」

役所の言葉に、三沢は二流漫画の吹き出しのような声を出して絶句した。

「さて、私達三人は早速打ち合わせに入ろう。土方さんは、タクシーを拾ってきてもらえませんか？」

「おう」

役所に命じられた土方が、通りに出て空車の物色を始めた。

「まず、三人で事務所に入る。新入り君は、その際に余計なことは言わないように気をつけてくれ。君は鼻の頭に黒子のある組長の居場所を確認し、任務をシミュレーションするように。私が、相談事があると逼迫した様子で切り出すから、メイ子ちゃんは青褪めた顔をしていてくれ。設定は、メイ子ちゃんは私の妹で、新入り君は職場の部下だ。妹が、質《たち》の悪い男に借金を背負わされ風俗に売り飛ばされようとしている。そこで、弁護士事務所に相談に行ったが、内容証明を出してうんたらかんたらと悠長なことを言われて話にならなかった。帰り道、偶然にヤクザの事務所を発見し、藁《わら》にも縋る思いで駆け込んだ……と、まあ、こういう筋書きだ。まあ、筋書き通りに話が運ぶとはかぎらないが、だいたいこんなふうな感じで相談を持ちかけている間に、新入り君はさりげなく組長に近づき、カツラをゲットするんだ」

「さりげなくってね……組員が刺されたことで緊急会を開いている組長のカツラを奪い取るなんて、そう簡単なことじゃないだろ⁉」

役所が自慢げに語るシナリオをじっと黙って聞いていた三沢だったが、ついに我慢できず、裏返った声で訴えた。

「新入りさんさぁ、さっきから聞いていたら自分のことばっかり心配してるけど、私達だって事務所にいるのよ？　あんたが失敗したら、命が危ないのはこっちだって同じなんだからねっ。危険は同じでもあんたは三ポイントをゲットできるけど、私達はなんにもないんだから！」

メイ子の反撃が、切っ先鋭い槍のように三沢の心を突き刺した。

そう言われれば、返す言葉がなかった。

彼女の言うように、三人の運命は一蓮托生……自分がしくじれば、役所もメイ子も危険にさらされるのだ。

「わ、悪かった……やるよ、やればいいんだろう?」

半ばやけくそ気味に、三沢は言った。

ここで四の五の文句を言い続けても、桎梏の状況はなにも変わらないばかりか、与えられた猶予時間がどんどん減るだけだ。

猶予時間が少なければ余計にプレッシャーがかかり、焦燥感を招き、へたを打つ可能性が高くなる。

トレーニングの失敗は、まどかを救出できないことを意味する。

そう、あまりの恐怖に忘れかけていたが、自分は、まどかのために生き地獄に飛び込む決意をしたのだった。

「もう十分が経った。残り、あと二十分しかない。速やかに決行しようじゃないか」

役所がメイ子、三沢の順に視線を巡らせた。

先にメイ子が、少し遅れて三沢が頷いた。

「行こう」

ビルの合間から飛び出した役所に、三沢は続いた。

組事務所の入るビルの前――路肩に停車するタクシーのリアシートの窓から、呑気な顔の土方が三人を鼓舞しているつもりか握り締めた拳を突き上げていた。

「新入り君は部下、メイ子ちゃんは妹だよ」

役所がふたりに念を押しながらエントランスに踏み入った。

エレベータに乗り、四階ボタンを押す。移りゆく階数表示のランプが2、3と橙《だいだい》色に染まるたびに、三沢の鼓動がエレベータ内に谺するのではないかと思うほどに胸壁を乱打した。

4が、ついに橙色に染まった。

扉が開く。廊下を挟んだ正面のスチールドア。雲竜《うんりゅう》興業と毛筆体で彫り込まれたプレイト。

みるからに恐怖心を掻き立てる会社名に書体……組事務所とわかってはいるが、いざ、目の前にしたときの衝撃は計り知れないものがあった。

役所が振り返り、強張った顔で頷くとインタホンを押した。

天井から睨みを利かせる三台の監視カメラが三沢の心音をマックスにボリュームアップさせた。

『どちらさん?』

スピーカーから流れてくる警戒と威嚇の入り交じった濁声《だみごえ》のバリトンボイスに、仁俠映画でヤクザを演じるコワモテ俳優の顔が脳裏にちらついた。

「すみません。私、新宿区役所で働いている職員ですが、ご相談したいことがありまして……」

字にたとえるとギザギザといった声——これは、演技ではなく素のままの役所の心理状態の表れに違いなかった。

『あぁ⁉　区役所の職員だぁ？』

恐ろし過ぎる尻上がりのイントネーション。

このドアの向こう側にいる面々は、映画やドラマや漫画や小説に出てくるモドキではなく、正真正銘のモノホンなのだ。

「はい。少々困ったことがおきまして……」

役所が言い終わらないうちに、いきなりドアが開いた。

「なんの用だ、てめえら？」

最近ではテレビでしかお目にかからないパンチパーマの大男が、剃り落とした眉尻を吊り上げた。

「はじめまして。私は、新宿区役所に……」

「それはもう聞いたんだよっ。用件を言えっつってんだよ、用件をよ！」

「あ……はい、すみません」

役所が、弾かれたように頭を下げた。

巨漢パンチの怒声に、三沢の陰嚢は胡桃並《くるみ》みに縮み上がった。

「こちらは私の妹で美恵子《みえこ》と申します。美恵子が、ある男に騙されまして連帯保証人にされてしまい、それでガラの悪い人達が乗り込んできて、借金を払えないなら風俗に勤めろと脅されまして……。で、部下の知り合いの弁護士事務所に三人で相談に行ったのですが、まずは受任通知を配達証明郵便で出してから云々と、とにかく、机上の論理ばかりで埒が明かなかったのです。そんな悠長なことをしている間に、取り立て屋は家に押しかけてきます。このままでは……」

「なにぐだぐだ言ってんだ！　てめえの妹が風俗に売り飛ばされようが家に取り立て屋が押しかけてこようが、俺らの知ったことじゃねえっ。取り込んでるときによ、ふざけたこと抜かしてんじゃねえぞ、こら！」

俳優の演じる偽ヤクザと比べて、モノホンの巻き舌は切れ味が数段違う。

凄まじい巨漢パンチの迫力に、三沢の陰嚢は胡桃を超えて梅干しの種並みになった。

まずい展開になってきた。

それはそうだ。抗争になるかもしれないトラブルを抱えているときに、見ず知らずの人間の借金話の相談に乗るはずがなかった。

「失礼を承知でお願い致します！」

唐突に、役所が土下座をした。

「妹が請求されている借金は二千万ですっ。もし、お力をお貸し頂ければ、一千万を謝礼として差し上げますので、どうか、助けてください！」

筋書きにないアドリブで、役所が勝負に出た。

相談事自体がでたらめなのに、一千万など払えるわけがない。

どちらにしても、組長のカツラを強奪するのが目的だから関係ないということなのだろう。

「なに寝ぼけたこと言ってんだ！　痛い目あわねえうちに……」

「入れてやれ」

巨漢パンチの背後から、額に傷のある角刈りの中年男が現れた。

これまた、躰はさほど大きくはないが隣人には絶対になりたくないタイプのコワモテだった。

「でも、兄貴……」

「組長《おやじ》が入れろと言ってんだっ。つべこべ言わずに、中に入れろ！」

兄貴分に一喝された巨漢パンチが、渋々といった感じで三沢達を手招きした。

恐らく、監視カメラにマイクが内蔵されており、組長は役所と巨漢パンチの会話を聞いていたに違いない。

「失礼しま……」

役所に続いて事務所の沓《くつ》脱ぎ場に足を踏み入れ、視界に広がる十坪ほどの空間を眼にした三沢の全身の細胞が、音を立てて氷結した。

「ここで腰引いてりゃナメられんだからぶち殺すしかねえだろ！」

「賛成だっ。俺が野郎の脳みそ撒き散らしてやるよ！」

「てめえばかり手柄取るんじゃねえっ。チャカなんざ使わなくても、俺なら奴の下腹切り裂いて大腸引き摺り出してよ、お前んとこの犬に食わしてやるって！」

「てめえらなに好き勝手なこと言ってやがるっ。豊島会《としまかい》の事務所の周りにはよ、報復を警戒した警察《サツ》がゴロゴロしてんだぞ！」

「なにビビってんだよ⁉ あんた、それでも男か⁉ ちんぽこに入れてる真珠でイヤリング作ったほうがいいんじゃねえのか？」

「あんだと！ シンナーで脳みそが膿《う》んでるスクラップのくせに、俺に喧嘩売ってんのか！ ああ⁉」

「おお、こらっ、てめえで吐いた唾呑み込むんじゃねえぞ！ うら！ オカマ野郎が！」

「上等だっ！ うらっ！ 腐れ脳みそ野郎が！」

パンチ、一厘刈り、鬼剃り、三白眼、手首まで覆う刺青《いれずみ》、スキンヘッド、極太金ブレス、全面ダイヤの腕時計、白のメッシュシューズ……室内の中央に設置された長テーブルの周囲を取り囲むソファに座る面々――ヤクザを表現する言葉を使い尽くすような容姿、出で立ちの者達が、我こそは凶暴だと競い合うように、修羅の面相で声を荒らげていた。

ふたりのヤクザが申し合わせたようにテーブルを叩き勢いよく席を蹴り、この世のものとは思えない恐ろしい形相で互いの胸倉を摑んだ。

「てめえらいい加減にせいや！」

ひと際野太い怒声――青や赤の柄のシャツ……いや、ブリーフ一丁で全身刺青だらけ傷だらけの年配の男が、テーブルに裸足《はだし》で乗り上がりクリスタルの灰皿でふたりの頭を立て続けに殴打した。

噴出する血飛沫と悲鳴のデュエット――オカマ野郎と腐れ脳みそ野郎が、血塗れの頭を押さえて転げ回った。

「おう、見苦しいところみせちまったな。早速、相談とやらを聞かせてもらおうか？」

息を切らせた全身刺青&傷だらけ男が、役所、三沢、メイ子をソファに促した。

男の鼻には、枝豆大の黒子があり、白髪交じりのオールバック風の髪の毛が、不自然に斜めにずれていた。

この組長のカツラを、剝ぎ取れというのか？

三沢は確信した。

自分ほど、不運な男はいないということを……。

12

いま水を飲んだなら、三沢の体内では間違いなく氷が作られるに違いなかった。

ここは南極か？　それとも北極か？

三沢の全身は、製氷器に放り込まれたように凍えていた。

三沢の体温を下げている原因は……。

「ちょいと話を聞かせてもらったが、たしか、あんたの妹さんが質《たち》の悪い男に騙されてどうのこうのって言ってたよな？」

テーブルの上に胡座《あぐら》をかいたブリーフ一丁の組長が、威嚇するマントヒヒさながらの迫力満点の濁声で役所に訊ねた。

ソファに座る三沢達を剣呑な視線で睨むコワモテ、コワモテ、コワモテのオンパレード――十頭……いや、十人を超える猛獣達は、どの顔もこの顔も熱り立っていた。

「は、はい。私の妹は……」

役所は、棒読み状態で巨漢パンチ男にした説明を繰り返した。その間中、猛獣達は躰に穴が開きそうな尖った眼を三沢達に向けていた。

「なるほどな。それで、連帯保証人になった二千万を迫られ、風俗勤めを強要されてるってわけだな？」

組長は、刺青柄の長袖シャツを着たような腕を組み、恐怖度満点の三白眼で役所を見据えた。

役所が顔面の神経が麻痺したような無表情で頷いた。

「これだけエロい肉体《からだ》してりゃ、風俗で稼げるだろうな」

スキンヘッドの男が、下卑た笑いで唇を歪めた。

「わしが話してるときに、下品な茶々を入れんじゃねえっ、くそだらが！」

組長の裏拳を鼻に受けたスキンヘッドが鼻血のシャワーを霧散させつつソファから転げ落ちた。

その衝撃に、組長のカツラがよりいっそうズレた。

組長との距離は僅か二、三メートル。さりげなく席を立ち近づけば、カツラを奪うという任務自体はそう難しいことではない。

が、奪ったあとが問題だ。

たとえるならば、いまから自分がやろうとしていることは、凶暴な肉食獣が蠢く檻の中で、ライオンの鬣《たてがみ》を鷲掴みにするようなものだ。

当然、ライオンは怒り狂い、激憤のアドレナリンが伝染したほかの肉食獣が一斉に……。

考えただけで、両膝がガクガクと震え出した。

「で、ウチらがお前さんの妹を助けたら一千万を寄越すってのは、本当だろうな?」

組長が、ふたたび役所のほうに向き直り、念を押してきた。

「はい。弁護士も警察も役に立たないとわかったいま、お宅様に頼るしかありません」

役所が言いながら、ヤクザにみえないように三沢の足を蹴った。

はやくしろ——無言のプレッシャーが三沢を追い詰める。

わかっている、わかっている、わかっている。だが、この状況で、どうやってカツラを強奪しろというのか?

「まあ、司法なんてのは都合のいい生き物でよ。てめえらの得にならないことにゃ本腰を入れねえもんだ。とくに、借金だなんだの揉め事は民事だから警察《サツ》は嫌がるわな。弁護士《ひまわり》どももよ、書類の上での戦いしかやったことねえから、受任通知だ内容証明だと悠長なことを言ってんだ。ひまわりどもがアマレス選手なら、ワシらは特殊部隊のコマンドだ。だから、奴らはワシらとは違い、実戦では役立たずってわけだ。英語の教師が外国に行って日常会話が通じないのと同じだ」

組長が、得意げに言った。

「はい、ぜひとも、よろしくお願い致します」

役所が、深々と頭を下げつつ横目で三沢を睨んだ。

自分がもたもたしている間に、確実に時間だけが過ぎてゆく。

もう既に、十一時五十分……猶予は、あと十分しかない。

「あの……」

考えがまとまる前に、三沢は席を立っていた。

「なんだ？」

眉に傷のある男が、鋭い眼で三沢を見上げた。

「お、おトイレをお借りしたいのですが……」

咄嗟に口を衝いてしまったものの、このあと、どうすればいいのだ？

「おう、奥に行って右だ」

「ありがとうございます」

眉傷男に礼を述べ、三沢は事務所の奥に向かった——トイレに入った。

便器は、驚くほどにきれいだった。

ヤクザの若い衆は自分で舐められるくらいに掃除をさせられる、という話は有名だが、まさか、ここまでとは思わなかった。

口実でトイレと言ったのだが、緊張のために本当に尿意を催していた。

ファスナーを下ろし、陰毛に埋もれているペニスを指で引っ張り出したものの、尿意だけはあるのに一滴も出なかった。

三沢は用を足さないままファスナーを上げて、トイレを出た。

泣いても笑っても、実行のときがきた。

いま、大地震が起きてくれたら……もしくは、雷が落ちてくれたら、と、自らの危険を顧みずに願った。

このままトイレにいたら、不審に思われてしまう。

肚を決めた。三沢は深く息を吸い、ドアを開けた。

「お前らを脅しているのは、どこの組だ？」

役所に訊ねる組長の背中まで、約四メートルといったところだ。

だが、周りには、ヤクザ達がいるので迂闊な行動はできなかった。

「たしか、小田《おだ》組だと言ってました」

言いながら、役所が組長に気づかれないように三沢に視線を投げた。

三沢は、小さく顎を引いてみせた。

「小田組⁉ 聞いたことないな。宇田《うだ》組の間違いじゃないのか？」

幸いなことに、周囲のヤクザ達は組長と役所のやり取りに気を奪われ、三沢には注意を払っていなかった。

「宇田組ですか？ そう言われれば、そんな気が……」

役所が、すぐに立ち上がれるようにソファの肘かけにさりげなく手をかけた。

メイ子も、役所に倣《なら》った。

三沢は、足音を殺して組長に近づいた。

心臓から吐き出される大量の血が、全身を物凄い勢いで駆け巡った。

あと十数秒後に自分がやろうとしていることが信じられなかった。

生きるか死ぬか……大袈裟ではなく、命懸けのトレーニングだった。

「おいおい、相談にきといてよ、相手の組の名前もわかんねえとは、どういうことだ！あ⁉」

スキンヘッドの大男が、テーブルを叩いて役所に詰め寄った。

ちびりそうだったが、なおいっそう、役所に注目が集まるのは三沢にとって好都合だった。

「す、すみません……」

頭を垂れる役所。組長まで、あと二メートル、一メートル……背中の昇り龍が三沢の足を竦ませる。

「おいおい、そんな言いかたするとよ、萎縮しちまうじゃねえか。なあ、あんた。でもよ、たしかにこいつの言うことにも一理あるわな。代紋《だいもん》違いの事務所に難癖つけたとなりゃ、抗争沙汰になっちまうかもしれないからな」

ついに、組長との距離は五十センチを切った。

三十、二十……。

神様、どうか、僕をお守りください。

胸の中で三沢は祈り、すべての躊躇を振り払いダッシュした——ほとんど同時に役所とメイ子がソファを蹴った。

組長とヤクザ達が気色ばんだ。

三沢は走りながら宙を薙《な》ぐように右手を伸ばし、組長のカツラを鷲掴みにした。

裸電球のように見事に禿げ上がった頭がさらしものになった。

「おら！　てめえっ、組長になんてことすんだ！」

「待てっ、こら！」

ヤクザ達が巻き舌を飛ばしてくる。

待つわけがなかった。

三沢は、肩からドアにぶつかり飛び出し、階段を駆け降りる役所とメイ子のあとを追った。

「うらっ、ぶっ殺すぞ！」

「捕まえろ！　絶対に逃がすな！」

物凄い怒声と激しい足音が三沢の背中に襲いかかった。

あまりの恐怖に頭の中がまっ白になり、足が縺れそうになった。

役所とメイ子は、ドールシープのように身軽に階段を駆け下りた。

「ちょ……ちょっと待ってくれよ！」

三沢は泣きそうな声でふたりに呼びかけた。

が、ふたりの背中は三沢からグングンと離れた。

三階、二階、一階……転びそうになりながらも、三沢は懸命に階段を駆け下りた。

背後から聞こえる複数の足音が、三沢の恐怖を煽《あお》り立てた。

エントランス……あと七、八メートルで逃走用のタクシーが待っている。

「ただで済むと思ってんのかっ、われ！」

「返せっ、返さんか！」

三沢は両足に鞭を打った。もう少し……もう少しだ。

役所が、続いてメイ子がタクシーの後部座席に飛び込んだ。

四メートル、三メートル、二メートル……唐突に、タクシーのドアが閉まった。

「お……おい！」

なんと信じられないことに、タクシーは三沢を置いて走り去ってしまった。

絶望に暮れている暇もなく、三沢は大久保通りをダッシュした。

エントランスには、血相を変えたヤクザの集団が三沢を追って現れた。

なんということだ……。

ここにきて、裏切られるとは思ってもみなかった。

「待たんかっ、おら！」

だから、待てないって！

「逃げられると思ってんのか！　ああ！」

逃げるしかないだろ！

「いまカツラを返したら許してやるからよ！」

誰が信じるもんか！
四、五メートル後ろから追走してくる赤鬼達に、三沢は心で叫び返しながら、懸命に駆けた、駆けたっ、駆けた！
驚愕《きょうがく》の表情で、地獄の鬼ごっこを眺める商店主。

巻き添えになるのを恐れ、足早にその場を離れる通行人。

絶体絶命に陥っている自分を助けようと思う者は、ひとりもいなかった。

逃げ足には自信があったが、それにも、限界はある。

あちらは複数でこちらはひとり……燃料切れになったときが一巻の終わりだ。

目の前をちんたらと歩くカップルを両手で突き飛ばし、サラリーマン風の男に肩から体当たりし、八百屋の軒先に積んである段ボール箱を蹴散らした。

背後から、ヤクザ達のものとは違う怒声が上がった。

走り抜け様に、携帯電話ショップのディスプレイパネルを引き倒した。

破損音と店員の悲鳴が交錯する。

時間稼ぎ――ヤクザ達の足音が瞬間、止まった。

距離にしてせいぜい一、二メートルといったところ。たいしたロスタイムにはならない。

道を塞ぐ通行人を片端からアメフト張りのタックルで弾き飛ばした。

もしかしたらその中には気の短い男がいたのかもしれないが、構わなかった。

そんなことを気にして躊躇していたら、気の短い男よりも怖いヤクザに捕まってしまう。

間の抜けた電子音。シャツの胸ポケットの中で、携帯電話が鳴っていた。

大鶴に違いない。

が、いまは、携帯電話を手にしている余裕はなかった。

背後を素早く振り返る。

パンチパーマ、スキンヘッド、サングラス、口髭、頬傷……人数は多少減ったものの、五人のコワモテ軍団が四、五メートルの距離でピタリとついてきていた。

太腿とふくらはぎが石のように硬くなり、脇腹に鋭い痛みが走った。

気管に砂を流し込んだようなざらついた息が鼓膜で谺した。

挫《くじ》けそうになる心――三沢は歯を食いしばり、気力を奮い立たせた。

が、足が重く、明らかに脚力が落ちていた。

革靴がアスファルトを刻む音が、次第に近づいてくる、近づいてくる、近づいてくる……。

と、そのとき、不意に、視界が縦に流れた。

「手間かけさせやがって！」

「うらっ、この野郎！」

躓《つまず》いて倒れた三沢の背中に、次々とヤクザ達が覆い被さってきた。

アリの巣に落ちたバッタのように、あっという間に三沢は組み敷かれた。

「ま、待ってください……違うんです……違うんです！」

アスファルトに組み敷かれた格好で、三沢は必死の形相で釈明しようとした。

「なにが違うんだ馬鹿野郎が！」

「組長のカツラ取っていながら、なに言ってやがんだ！」

「か、返します……お返ししますから……許してください！」

「いまさら返しますで許せるか！　ナメてんのか！　おら！」

髪の毛を、首根っこを、襟首を、腕を摑まれ、三沢は引き摺り起こされた。

「き、聞いてください……組長さんのカツラを奪ってこいと、命じられたんです！」

「話は車の中で聞くからよ！」

いつの間にか停車していた黒塗りのメルセデスの後部座席に、三沢は連れ込まれた。

「う、うわ……助けて……違う、違うんだ！」

「静かにしろや」

パンチパーマの男が、三沢の耳もとで囁《ささや》いた。

硬い感触が脇腹を舐めた。鈍く光るナイフ……視線を下に落とした三沢の心臓が凍てついた。

何度も、何度も頷いた。頷くことしかできなかった。

自分は、殺されてしまうのか……。

車窓に流れる景色が、灰色に染まった。

☆　　☆

三沢を乗せたメルセデスは同じ大久保ではあったが、組事務所ではなく別の建物の前に停車した。

「大声出したり逃げ出そうとしたら、ぶっすりいくぜ」

パンチパーマに背中を押されつつ、三沢はメルセデスを降りた。

ヤクザ達に囲まれ、古ぼけたビルのエントランスに足を踏み入れた。

どうして、違う建物なのだろうか？

もしかして、拷問部屋……間違いない。絶対に、そうに決まっている。

急に、足が石になったように動かなくなった。

「おら、さっさと歩けや！」

誰かに尻を蹴りつけられ、三沢はエレベータに転がり込んだ。

パンチパーマがＢ１のボタンを押した。

地下室というのが、いやな予感に拍車をかけた。

「降りろ」

サングラスが命じたが、腰が抜けたようになり立ち上がることができなかった。

「降りろってんだ！」

パンチパーマがドアを開けた。

スキンヘッドと頬傷が、三沢をサッカーボールのようにエレベータから蹴り出した。

相変わらず立てない三沢を、スキンヘッドと頬傷が腕を摑んで室内へと引き摺り込んだ。

倉庫かなにかに使われているのだろうか、そこここに段ボール箱が山積みにされていた。

次の展開が、三沢には予想できた。

恐らく、目の前の段ボール箱の陰から、怒りにこめかみの血管をうち立たせた組長が現れるに違いなかった。

「成功、おめでとう。これでトレーニングは終了だ」

段ボール箱の陰から現れたのは予想通り組長……ではなく、大鶴だった。

大鶴のあとからは、太刀持ちと露払いさながらにサングラス男と坊主女がついてきた。

どうして大鶴達がここに？

が、すぐに謎は解けた。

彼らが裏から手を回し、組長に話をつけたのだ。

自分を捕まえる気で追いかけていたヤクザ達も、途中で携帯電話に連絡でも入ったのだろう、方針の変更を余儀なくされたので、いら立ちをぶつけながらここまで連れてきたに違いなかった。

それにしても、武闘派ヤクザ達を従わせる大鶴達はいったい、何者……え⁉

「トレーニングが終了⁉　ということは……僕は？」

ワンテンポ遅れて、三沢は大鶴の言葉を理解した。

「ああ、そうだ。お前がトップだ」

「やった……やった！」

三沢は絶叫しながら、拳を突き上げジャンプした。

「あいつら、僕を裏切るからこういうことになるんだ！　思い知ったかっ、馬鹿野郎が！」

三沢は、自分を置き去りにして逃げた、役所、土方、メイ子を罵倒した。

まどかへの婚約指輪を買って待ち合わせ場所に向かう途中でいきなりさらわれてからの恐怖と不安は、口で言い表せるようなものではなかった。

ホームレスへの殴打、ランジェリーパブの呼び込みのみぞおちを殴りチラシを強奪、コンビニ商品のかっぱらい、チーマーのリーダー格の前歯を折る、銀行強盗対策のペイントボールをぶつけ合う、ナイフで相手の躰に装着した風船を割り合う……最後の、組長のヤクザのカツラを強奪するに至るまでのつらく苦しい道程は、期間にしては僅かだが、二年にも三年にも感じられた。

長かった。本当に、長かった。

生き地獄の金太郎飴《あめ》――よくぞ、生き延びることができた。

神に感謝……。

三沢は、ここでふと、ある重大なことに気づいた。

トレーニングをトップで終えたということは、関東最大組織の組長の娘を暗殺するのは、自分になってしまうのだ。

「あの……トレーニングを不合格になった三人は、どうなるんだ？」

心配している、というわけではない。

三人がもしこのまま解放ということになったら、トップにならないほうがよかったことになる。

他人の不幸を願うようでいやな男だと思う。だが、自分には、彼ら以上の不幸が待っているかもしれないのだ。

「それは、ボスに訊いてみないとわからないな」

「なにを言ってるんだ？　ボスはあんたじゃないか？」

三沢は、眼をまんまるにして大鶴に訊ねた。

「違うんだな、これが」

大鶴が意味ありげな笑みを浮かべ、背後を振り返った。

段ボール箱の陰から、土方、メイ子、役所の三人が現れた。

三人とも、いままでの汗と泥に塗れた薄汚い格好から見違えるような、高価そうなスーツとドレスを身に纏っていた。

「あ！　あんた達、よくも僕を裏切ったな」

気づいてみればまだ手にしていた組長のカツラを、三沢は役所に向かって投げつけた。

眼にも止まらぬ俊敏さで、大鶴が横っ飛びをして役所の顔前でカツラを取った。

坊主女が猪のように突進し、女とは思えない剛腕で三沢の頬を張り倒した。

「痛い……なにするんだよ⁉」

三沢は、頬を押さえ、憤然として言った。

トレーニングをトップで通過した自分がどうして殴られなければならないのだ？

落伍《らくご》した三人をシメるのが筋ではないのか？

それに、トレーニングで負けた分際で、なにをトチ狂ってめかし込んでいるのだ？

「ボスに、失礼な態度を取るからだ」

「ボス⁉ あんた、なにを言ってるんだよ？」

大鶴の言っている意味が、わからなかった。

「だから、この方達は、ウチの組織のボスなのさ」

「へ⁉ こいつらが、あんたらの組織のボス⁉ 冗談はやめてくれよ」

三沢は、腹を抱えて笑った。

ともに家畜並みの扱いを受けながら拷問のようなトレーニングを強《し》いられてきた彼らが、ボスであるはずがない。

第一、組織のボスならばどうして、監禁されていたのだ？

なにより、それぞれに、人質を取られていたではないか？

「おめでとう。三沢君。よく、頑張ったな」

役所が、歩を踏み出し、手を差し伸べた。

大鶴、坊主女、サングラス男が、弾かれたように道を開け頭を下げた。

騙されてはならない。きっと、みなで自分を担《かつ》ごうとしているに違いない。

「あんた、人を馬鹿にするのもいい加減にしろ！」

三沢は、顔を真っ赤にして、役所を指差した。

「ボスに失礼なまねをするなと言ってるだろう？」

単細胞&瞬間湯沸かし器のイメージからは百八十度懸け離れた落ち着いた態度の土方が、大股で歩み寄りながらドスの利いた声で言った。

「ボ、ボスだと⁉　まだ芝居を続ける気か？　あんたらが組織の人間なら、どうして僕と一緒にあんな地下室で特訓を受けていたんだよ⁉」

三沢は、最大の疑問を口にした。

「芝居は、そっちのほうよ」

メイ子が腕を組み、口もとに薄い笑みを浮かべつつ言った。

「なんだって⁉」

「まだわからないのか？　あれはすべて、お前を一人前の暗殺者にするためのシナリオの一環だ」

土方の声が、耳を素通りした。

あのトレーニングが演技⁉　ポイントを奪い合って目の色を変え競い合ったのも、力を合わせて脱走を試みたのも、組事務所に乗り込む際にブルっていたのも、すべて……一切が芝居だったというのか！

「じゃ、じゃあ……あの人達も？」

三沢は、自分を取り囲むヤクザ達に、突き出した人差し指を恐る恐る巡らせた。

「そのとおり。彼らは雲竜興業の組員で、私のためにひと肌脱いでくれたのさ」

サングラス男が用意したパイプ椅子に腰を下ろした役所が、貫禄十分に足を組み、イタリア製と思しき高級スーツの胸ポケットから取り出した葉巻をくわえてマッチの火で炙った。

「マジかよ……」

三沢は、放心状態で呟いた。

言葉が続かなかった。

死に物狂いでやってきたことが、自分ひとりを嵌めるための壮大な絵図だったなんて……これは、悪い夢なのかもしれない。いや、そうに決まっている。

坊主女がずかずかと歩み寄り、いきなり、三沢の頬を抓《つね》り上げた。

「痛ぇ！　な、なにするんだよ⁉」

三沢は坊主女の手を撥ね除け、頬を擦りながら激しく抗議した。

「あんたのことだから、これは夢じゃないか？　なんて思っていたんじゃないの？」

三沢の心を見透かしたように、坊主女が底意地の悪い笑みを浮かべた。

「僕に特訓させたいのなら、こんな手のこんだまねをしなくてもできただろう⁉」

夢でなく現実だと認識した三沢は、なぜにこんな大がかりなことをしなければならなかったのかを確かめたいという欲求に駆られた。

「競走馬の調教も併《あわ》せ馬と言って、一緒に並行して走る馬がいることで、その能力が最大限に引き出されるものだ。君も、私らと切磋琢磨《せっさたくま》することによって、ずいぶんといい顔つきになったじゃないか？」

役所が、まったりとした紫煙をうまそうにくゆらせながら満足げな顔で言った。

「あんたは……いったい、何者なんだ？」

ヤクザを配下に置き、関東一の広域暴力団の組長の娘を暗殺しようとする役所はいったい……？

「君を一人前の暗殺者にするために存在している男だとでも言っておこうか」

のらりくらりと核心から話を逸らす役所だったが、その眼は笑っていなかった。

「そんな説明じゃ……」

「暗殺者はなにも訊く必要はないし、また、知る必要もない。明日から始まる志賀雪子暗殺プログラムの最終章に全力を尽くすだけだ。よろしく頼んだぞ、我が同志よ」

椅子から立ち上がった役所が三沢に歩み寄り、ふたたび右手を差し出した。

三沢は、あんぐりと口を開け、役所を見上げた。

いまだに、信じられなかった。

これがドッキリカメラならばどんなに幸せか……三沢は、動転する脳内で馬鹿げた願いに思いを巡らせていた。

13

上体が右に傾いたかと思えば、すぐに左に傾いた。

横揺れだけではなく、縦揺れもひどかった。

車がバウンドするたびに、胃袋が喉もとまで浮遊したようになり、嘔吐《おうと》しそうになった。

いつものようにアイマスクをされているので車窓からの景色を眼にすることはできないが、どこかの山道を走っているだろうことは容易に想像がついた。

しかも、都内のビルから出発して、もう二時間は過ぎているに違いなかった。

これもいつもの如く、車内には大鶴、サングラス男、坊主女が乗っているのに、なにひとつ会話がなく無言だった。

一度だけ、十分くらい前に、大鶴が携帯電話にかかってきた相手と喋っているときに口を開いただけだった。

——はい。大丈夫です。例のものの用意はできています。

ただそれだけのやり取りだったが、電話の主が役所であるのは間違いない。

——この方達は、ウチの組織のボスなのさ。

あの段ボール箱に囲まれた空間で聞かされた衝撃の真実——囚われの身の同志と思っていた役所、メイ子、土方は、驚くべきことに、大鶴達に指令を下す存在だったのだ。

それを耳にしたときの三沢は、狐に摘まれているような感じで、すぐには実感が湧かなかった。

それまでの数日間、危険かつ馬鹿げたトレーニングをともに受け、彼らをみてきた三沢にとっては、無理のない話だった。

わかりやすく言えば、盆栽が趣味の隣家のただのおやじが、CIAの工作員だった、というのと同じくらいのインパクトだ。

昔、ジーン・ハックマン主演の「ドミノ・ターゲット」という映画を観たことがあった。ハックマンはある事件がもとで刑務所に入っていたのだが、謎の男たちの手引きにより脱獄に成功する。

条件は、暗殺任務。そう、元軍人で射撃の名手であるハックマンにある組織が、白羽の矢を立てたのだった。

彼は悩んだ末に、応じることにした。

が、戦争でもなんでもなく、標的となった人間を殺すことに抵抗を覚えたハックマンは、任務の際に、わざと狙いを外したのだった。

三沢が言いたい自分と彼の共通点は、組織側の用意周到な長期に亘るシナリオ作り……ハックマンは二十年以上も前の戦時中から目をつけられ、尊敬していた上官に洗脳されていたのだ。

その映画を観終わったときの三沢の全身は、鳥肌に覆い尽くされていた。

しかし、ハックマンの不幸は所詮は作り話の範疇《はんちゅう》であり、二十年ではなくたった数日の出来事だが、現実に白羽の矢を立てられ、組織ぐるみで暗殺者に仕立て上げられようとしている自分のほうが数百倍も数千倍も憐《あわ》れで、下顎が外れ落ちるほどのビッグサプライズだった。

本物のハックマンは、不幸で切ない人生を送る哀しき暗殺者などではなく、高級車を乗り回し、豪勢な食事に舌鼓《したつづみ》を打ち、たんまりと酒を食らい、よりどりみどりに女を選ぶ酒池肉林の生活を満喫しているに違いないのだから。

それに引き換え、自分はと言うと、まどかとの記念すべきデートに向かう最中に拉致され、婚約者を人質に囚われ、いきなり広域暴力団のヤクザの組長の娘を殺せと命じられ、日々、常軌を逸したトレーニングを繰り返させられる日々……なぜ？　なぜ自分なんだ⁉

警戒されぬよう、暗殺者のイメージから懸け離れたタイプの平々凡々なサラリーマン。逃げ足がはやい。人質にできる最愛の人物がいる。

訊ねても、彼らは、自分を選んだ理由をこう説明するだろう。

しかし……しかしだ。

平々凡々で逃げ足がはやく婚約者のいるサラリーマンは、この日本中に、それこそいくらでもいる。

なのに、旅行先の北海道でみかけた人間に、ふたたび旅行先の沖縄で再会するような低い確率に匹敵する白羽の矢が、どうして、よりによって自分に立ってしまうのか？

わかっていた。

つまりは、相当に不運な人間……たとえるならば、落雷に打たれて家を全焼した人間のようなものなのだろう。

だが、だからといって、不幸を素直に受け入れる気にはなれない。

なにかが車体に当たるような、パチパチという音がする。

恐らく、雑木林の枝――かなり、深いところまできたのだろう。

パチパチの音がゆっくりになってきた。スローダウン。どうやら、目的地に着いたようだ。

三沢の予想通り、エンジン音がフェードアウトし、車が完全に停まった。

スライドドアの開く音――三沢は背中を突き飛ばされる前に、自ら車外へと出た。

自分にだって、学習能力はあった。

雑木林特有の土と葉の香りが、三沢の鼻腔《びこう》へと忍び込んだ。

これが俗に言う森林浴なのだろうが、置かれている状況を考えると、とてもではないがリラックスする気分にはなれなかった。

「外してやれ」

大鶴の声とともに、アイマスクが外された。

視界の先に、鬱蒼とした樹々に抱かれるように建つ一軒のログハウスがみえた。

三沢が乗ってきたバンの前に停まっていたメルセデスの運転席のドアが開き、中から飛び出してきた土方が後部座席のドアを開いた。

「長旅、ご苦労様」

後部座席から貫禄十分に降り立ったのは、役所だった。

三沢は、思わず頭を下げていた。

高級スーツを纏い高級車に乗っているというだけではなく、役所からは、芝居をしていたときとは違い、近寄り難いオーラが発せられていた。

しかし、驚きだ。

訓練のときには、役所も土方もメイ子も、それぞれのキャラを完璧に演じ切り、いまとはまったくの別人だった。

その意味では、彼らは正真正銘のプロだった。

「さあ、ここでのトレーニングが最後だ。中へ入ろうか？」

役所に続いて、三沢はログハウスへ続く階段を上った。

☆　☆

ログハウスの一階。二十畳ほどのスクエアな空間にぽつりと置かれたソファに、三沢は腰を下ろしていた。

壁には、学生の頃に体育館などで開かれた上映会のときに使用されていたようなスクリーンがかけられており、四方の窓という窓には、せっかくの陽光を遮る暗幕が張られている。

ほかには、見事なまでになにもなかった。

こんな殺風景な場所で、いったい、どんなトレーニングをしようというのだろうか？

「いままでのトレーニングは度胸や技術面に重点を置いた、どちらかと言えば体力面を重視したものだった。最終トレーニングは、精神面の鍛練《たんれん》を目的とする。まずは、これをみてもらおうか。あれを頼む」

役所が、視線を三沢から部屋の隅に立っている大鶴に移して命じた。

その大鶴はサングラス男に電気を消すように命じ、自らは映写機のような機械のスイッチを入れた。

室内が闇に覆われ、三沢の正面にスクリーンが浮かび上がった。

映画を観せようというのか？

いったい、なんの目的で？

低いモータ音に続き、スクリーンに椅子が映し出された。

どこかの部屋のようだった。

ホテルなのだろうか？

「えっ！」

あれこれ思惟《しい》を巡らせていた三沢は、スクリーンの中に現れた女性を眼にして大声を張り上げた。

「こ、これは……」

「君が、会いたがっていると思ってな」

役所が、薄笑いを浮かべながらスクリーンを指差した。

役所の指先……蒼白な顔で椅子に腰を下ろしたのは、まどかだった。

きっと、カメラに映っていない範囲で、まどかを捕らえている人物が取り囲んでいるに違いない。

それは、彼女の顔が恐怖に強張っていることが証明していた。

「おい、まどかはどこに……」

『太一さん。助けて……』

三沢は、役所に向けようとした言葉を呑み込み、まどかの声に全聴覚を傾けた。

『怖い……怖い……』

唇がカサカサに乾き、黒目を泳がせているまどかの姿に、三沢は内臓を引きちぎられる思いだった。

不意に、スクリーンの中に人影が現れ、まどかの背後に回った。

『三沢君。みているかい？』

人影……二メートルはありそうな坊主頭の大男が、まどかの肩に両手を乗せて語りかけてきた。

「まどかに触るんじゃない！」

三沢はソファから立ち上がり、スクリーンを指差し叫んだ。

「座りな。これは録画だから、騒いでも無駄だ」

坊主女が、力ずくで三沢をソファに座らせた。

『完璧に任務を遂行すれば、君の最愛の人を返してあげよう。だが、もし、失敗したときには……』

大男が、肩に置いていた手をまどかの首に移し、意味深に笑った。

「ま、まどか！」

三沢がふたたび腰を上げようとしたときに、スクリーンから「まどか」が消えた。

「なあっ、まどかに会わせてくれ！　お願いだ！」

三沢は席を蹴り、リクライニングチェアに深く背を預ける役所の足もとに跪《ひざまず》いた。

「あなた、本当に彼女に会いたいと思ってる？」

役所の隣に座っているメイ子が、なにかを計るように訊ねてきた。

「あ、あたりまえじゃないか！」

三沢は、興奮口調でメイ子に訴えた。

「だったら、まず、その口調を改めることね」

「え？」

「自分の立場を弁《わきま》えろってことだ」

意味がわからず首を傾げる三沢に、土方が補足した。

「三沢君。まどかさんを救うには、我々の言うことに絶対服従するしかない。いままでのフランクな態度じゃだめだ。メイ子君と土方君が言いたかったのは、そういうことだ。はっきり言おう。君の態度次第では、まどかさんは死ぬことになる」

三沢は、遠のきそうになる意識を懸命に引き戻した。

「わかってくれたかな？」

役所の問いかけに、三沢は頷いた……頷くしかなかった。

「よろしい。では、明日からメンタルトレーニングを開始する。今日は、ゆっくり休みたまえ」

役所が満足げに頷き席を立つと、土方、メイ子が金魚の糞《ふん》のようにあとに続いた。

「ついてこい」

部屋の隅に三沢を促した大鶴が腰を屈め床板についた把手《とって》を手前に引くと、人間ひとりが入れるような貯蔵庫のような空洞が現れた。

空洞はかなり深く、地下へと階段が続いていた。

「ど、どこに行くんだ……いや、行くんです？」

恐る恐る訊ねる三沢を無視して、大鶴はどんどん階段を下り始めた。

「はやく行きな」

坊主女が、三沢の背中を思いきり押した。

「あっ……ちょわっ……」

足が縺れ、階段を転げ落ちる三沢を大鶴が身軽なフットワークで躱した。

「痛《い》ててて……」

三沢は苦痛に顔を歪めながら、周囲に視線を巡らせた。

三畳ほどの空間には裸電球が点《とも》され、シングルのパイプベッドがぽつんと置かれているだけだった。

「起床は午前五時だ。明日からのトレーニングに備え、よく睡眠を取るんだ」

大鶴は抑揚のない口調で言い残し、坊主女をともない一階へ引き返した。

「まるで、犬小屋じゃないか……」

三沢は転倒した際に痛打した腰を押さえ、ぶつぶつと呟きながらベッドに仰向けに転がった。

全身の骨や関節が軋みを上げていた。

考えてみれば、大変な一日だった。

「組長カツラ強奪作戦」から始まって、役所、土方、メイ子が組織のボスだという驚愕の真実を聞かされ、精神的、肉体的に限界にきていた。

たとえ犬小屋であっても、すぐに睡魔は訪れてきそうだった。

裸電球が消された。恐らくどこかにカメラが設置してあり、様子を監視しているのだろう。

寝るだけなのだから、どうでもよかった。

彼らが危惧するように脱走を企《くわだ》てることもないし、たとえ企ててもこの密室では不可能だ。

なにより、囚われたまどかの映像をみせられたいま、三沢にそんな気が起きるはずもなかった。

次々と後輩に追い抜かれる平《ひら》編集者、度胸なしの小心者、はやくも寂しくなってきた頭髪に自己主張を開始した下腹……なんの取り柄もない自分であったが、まどかにたいする想いだけは、世界一の大富豪にも世界一の格闘家にも負けない自信があった。

震度一の地震にカラスに襲撃されたスズメのようにパニック状態に陥り、稲光が走れば耳を塞ぎ身を屈めるような臆病な男だったが、まどかのためなら死ねる——まどかの前でなら、スクリーンの中のシルベスター・スタローン張りの勇敢な男になれる。

だが、人殺しとなると、話は違ってくる。

人を刺し殺すという恐怖は、自分が死ぬという恐怖とは、また、別種のものだった。

それに、恐怖より勝るのは、なんの罪もない人間を殺すという罪悪感……いや、たとえ罪があろうとも、会ったこともない女性の命を奪うという行為自体に、激しく良心が疼いた。

できることなら、別の任務に……。

三沢は思考の車輪を中断し、耳を澄ました。

どこからか、微かな囁きが聞こえてくる。

誰かいるのか？

瞬間、三沢の背筋に緊張が走った。

単調なリズム、抑揚のないイントネーション……囁きは、お経のようだった。

次第に大きくなるお経……違う。


お前は志賀雪子を殺す。

殺さなければまどかは死ぬ。

お前は志賀雪子を殺す。

殺さなければまどかは死ぬ。

お前は志賀雪子を殺す。

殺さなければまどかは死ぬ。


「なんだ、これは⁉」

延々と同じ言葉を無感情な調子で繰り返す男の声。

突然、ぼんやりと天井になにかが浮かんだ。

どこかのカフェかなにかでティーカップを持つ女性……マネキンのように完璧過ぎる顔立ちにため息が出るようなナイスバディ。

スクリーンに映っている女性は、志賀雪子だった。

お前は志賀雪子を殺す。
まだ、そうと決めたわけじゃない。
殺さなければまどかは死ぬ。
彼女に手を出すんじゃないっ。
お前は志賀雪子を殺す。
もう少し、考えさせてくれ。
殺さなければまどかは死ぬ。
頼む、やめてくれ。
お前は志賀雪子を殺す。
だから、そう焦らせるな。
殺さなければまどかは死ぬ。
指令に従わないとは言ってないだろう?
お前は志賀雪子を殺す。
もう、やめてくれ……。
殺さなければまどかは死ぬ。
わかった、わかったから……。

お前は志賀雪子を殺す。
睡魔に、瞼がゆっくりと落ちてきた。
殺さなければまどかは死ぬ。
脳みそが痺れたようになり、意識が曖昧《あいまい》になった。
お前は志賀雪子を殺す。
自分の寝息が途切れ途切れに聞こえた。
殺さなければまどかは死ぬ。
単調な男の声とともに、意識が遠のいてゆく……。

14

「起きろっ。起床時間だ！」

大鶴の声に、三沢は跳ね起きた。

「はやくきな」

まだ意識が朦朧としている三沢の腕を摑んだ坊主女が、ベッドから無理やり引き摺り下ろすと階段に向かった。

「そ、そんな……引っ張らないでも行きますから……」

坊主女は、三沢の声など聞こえないとでもいうように、階段を上った。

一階では、役所、土方、メイ子が、三沢を待ち構えるようにソファに腰を埋めていた。

坊主女が、ソファの正面にぽつりと置かれたパイプ椅子に三沢を投げ出すように座らせた。

「人を殺すことを、どう思うね？」

挨拶《あいさつ》も前振りもなく、役所が訊ねてきた。

「え？　なんですか、いきなり……」

土方が立ち上がり大股で歩み寄ってくると、無言で平手を飛ばしてきた。

乾いた衝撃音——三沢は、パイプ椅子から転げ落ちた。

「ボスが質問したことだけに答えろ」

土方が、ともに訓練していたときの瞬間湯沸かし器ぶりが別人のように抑揚のない口調で言った。

「す、すみません」

三沢は素直に詫び、椅子に腰を戻した。

「人を殺すことを、どう思うね？」

役所が、なにごともなかったかのように、同じ質問を投げかけてきた。

「いけないことだと思います」

口の中が切れているのだろう、鉄の味が広がった。

「なぜ、いけないのかね？」

役所が、さも当然のように首を傾げた。

「なぜって……人殺しは、いけないことに決まっているじゃないですか」

「誰が決めたんだね？」

三沢の胸に、担がれているのではないか、という不快な感情が込み上げてきた。

「法律ですよ」

「その法律は誰が作ったんだね？」

「人間です」

三沢は、少しだけ憮然《ぶぜん》とした表情で役所を見据えた。

これが、トレーニングと言えるのか？

三沢には、馬鹿にされているようにしか思えなかった。

「そう、人間は、ひとりの人間を殺した者を殺人犯と呼び、数千人を虐殺した者を英雄と呼ぶ。金がほしくて強盗殺人を犯した者と、石油がほしくて大量殺戮《さつりく》を指示した者の、どこが違うのかね？　ひとりの命を奪った者が刑務所に入らなければならないのなら、数千人の命を奪った者は彼らが呼ぶ極悪非道な殺人犯の数千倍の裁きを受けなければならないのではないのかね？」

「でも、それとこれとは……」

「なにが違うのかね？　国を侵略するためなら罪なき国民を次々と殺しても許され、空腹を満たすためにたったひとりを殺す者は許されない。結局、人間が作っている法律は不条理なものだ。殺人も、殺す側の立場によって勲章にもなれば重罪にもなる。だから、君も、安っぽい罪悪感など持たなくてもいい」

殺人を肯定するつもりはないが、心のどこかで役所の言いぶんを受け入れている自分がいた。

待て待て。これでは、彼らの思うつぼではないか？

昨日の夜、延々と聞かされたあのテープのせいで、殺人、というものにたいしての免疫ができてしまったのかもしれない。

「それはそうなのかもしれないですけど……」

「質問しよう。断崖絶壁で君は、左手にはまどかさん、右手にはメイ子君を摑んでいる。だが、ふたりの体重を支え続ければ、三人とも崖の下に落ちてしまう。さあ、君は、どっちの手を離す？」

「え……それは……」

「まどかさんの手を離すのか？」

言い淀《よど》む三沢に、役所が顔を覗き込むようにして訊ねてきた。

「そんなわけないでしょう！」

三沢は気色ばみ、思わず大声を上げた。

「なら、メイ子君の手を離すというわけだね？」

間髪入れずに、役所が畳みかけてきた。

「それは、その……」

三沢は、言葉に詰まった。

手を離すイコール見殺し。目の前に本人がいるというのに、そうですとは口にできなかった。

「彼女に気を遣う必要はないし、良心の呵責《かしゃく》を感じる必要もない。誰しも、赤の他人より恋人や妻を選んで当然だからね。ほかにも、似たような究極の選択はある。大火事になったときに、自分の母親と赤の他人のどちらを先に救出する？　これも、考えるまでもないだろう。朝起きてトイレを先に行くか顔を洗いに行くか、ストライプ柄のネクタイにするか無地のネクタイにするか、朝食を摂《と》るか摂らないか、電車に乗るかタクシーを拾うか……人生は、すべて選択の連続なんだよ。身内や恋人を選んだからといって、その人間を悪逆無道な殺人鬼と言えるのかな？　殺したくて、殺すわけじゃない。今回の任務も、同じだよ。発想の転換だ、発想の転換。君は志賀雪子を殺すのではなく、まどかさんを助けるのさ」

無意識に上半身を乗り出す三沢――知らず知らずのうちに、役所の話に引き込まれていた。

「殺すのではなく……助ける？」

「そう、助けるんだよ。戦場で捕らわれた彼女は、君が救い出してくれるのを待っている。まどかさんのもとへ辿《たど》り着くには、目の前に現れる敵兵を倒していかなければならない。だが、三沢君、君が倒すべき相手は、ひとりしかいない」

任務を拒否する自分と、任務を受け入れようとする自分――心の天秤《てんびん》が、役所の話によって後者のほうへ傾いた。

「大鶴君。では、例のやつを始めてくれ」

促された大鶴が、役所と入れ替わりに三沢の正面に座った。

「いまから、俺の言う言葉を復唱しろ。それ以外のことは一切口にするな。始めるぞ。

『私は志賀雪子を殺すのではなくまどかを救うのだ』」

「わ、私は志賀雪子を殺すのではなくまどかを救うのだ」

三沢は、土方のメガトン級の平手打ちを食らわないために、素直に大鶴の言葉に続いた。

「私は志賀雪子を殺すのではなくまどかを救うのだ」

大鶴が、一本調子に繰り返した。

「私は、志賀雪子を殺すのではなくまどかを救うのだ」

「私は志賀雪子を殺すのではなくまどかを救うのだ」

三回、四回、五回……大鶴は、壊れたテープレコーダーのように淡々と同じセリフを並べた。

それが十回を超えたあたりで、いったい、いつまで続ける気なのだろうかという不安がでてきた。

役所とメイ子は大鶴の両隣で、サングラス男と坊主女は三沢の両隣で、それぞれ煙草を吸ったり携帯電話をイジったりしているが、ひと言も言葉を発しなかった。土方だけは三沢のすぐ近くに佇み、いつでも制裁を与えられるようにと臨戦態勢を取っていた。

「私は志賀雪子を殺すのではなくまどかを救うのだ」

もう既に、鸚鵡《おうむ》返しの特訓が始まって十五分が経った。

セリフの復唱は、軽く百回は超えている。

喉の渇きを潤そうとテーブルの上のペットボトルに手を延ばそうとしたときに、土方が三沢の座るパイプ椅子の脚を蹴りつけた。

疑問符を湛《たた》えた瞳を向ける三沢に、土方は厳しい表情でゆっくりと首を横に振った。

水を呑むな、ということか？

三沢は水を諦め、復唱を続けた。


私は志賀雪子を殺すのではなくまどかを救うのだ。

私は志賀雪子を殺すのではなくまどかを救うのだ。

私は志賀雪子を殺すのではなくまどかを救うのだ。


一時間が経過した頃には、喉がヒリつき、同じ姿勢で座りっ放しのため腰に負担を感じてきた。

「私は志賀雪子を殺すのではなくまどかを救うのだ」

「あの、すみません。いつまで、続ければ……」

意を決して質問をした三沢の視界に火花が散った。

火花が消えると、代わりに天井が現れた。

土方の張り手で、ふたたび三沢は椅子から転げ落ちていた。

「特別に、答えてあげよう」

役所が、仰向けの三沢の顔を覗き込みながら言った。

「現在時刻は午前五時半。この復唱を、大鶴君達三人が四時間置きに交替することを二回ずつ繰り返し、翌朝の午前五時半まで続ける。その間は、飲食、私語、排泄、睡眠の一切を禁じる。つまり、二十四時間休みなく復唱を続けるということだ」

「な、な、なんだって⁉」

三沢の目の前は、土方に張り飛ばされてもいないのに、青黒い膜がかかったようになった。

15

指定席のパイプ椅子に座る三沢の顎鬚《あごひげ》は、もう、櫛《くし》が通るほどになっていた。

「私は志賀雪子を殺すのではなくまどかを救うのだ」

三沢は、誰に続くわけでもなく、自ら、躰の一部と化したセリフを繰り返していた。

初日以外は、朝の五時から午前零時までの十九時間、この部屋で呪文を唱え、それから初めての食事を口にし、ベッドに倒れ泥のように眠り、また起きて、の単調な生活だった。

一日のうちに、誰も話しかけてこず、また、三沢のほうから話しかけることもなかった。

目の前には大鶴、大鶴の両脇には坊主女とサングラス男、そしてさらにふたりの両脇に土方とメイ子、少し離れた位置に置かれたリクライニングチェアには役所……いつもと同じメンバーが、いつもと同じように三沢の周囲で無言でみつめていた。

「私は志賀雪子を殺すのではなくまどかを救うのだ」

この頃では、喉が痛み声が出なくなることも、睡魔や空腹に苛まれることもなくなった。

言葉通り、まどかを救うことしか頭になかった。

「私は志賀雪子を殺すのではなくまどかを救うのだ」

「三沢君。そこまでだ」

何日、いや、十何日ぶりだろう、役所が歩み寄りながら声をかけてきた。

時計もなく、窓という窓には暗幕がかけられ外光が遮られているので時間はわからないが、まだ、午前零時になっていないことは感覚でわかった。

「二週間のトレーニングをこれで終了する。想像以上の頑張りだった。今日はこれから、志賀雪子に会いに行く」

志賀雪子、という名前に、三沢の躰がビクリと反応した。

「まだ任務実行ではないから安心したまえ。今日は、生《なま》の彼女を体験してもらうだけだ。写真と実物では、想像以上に印象が違うものだからな。近くで、しっかりとターゲットの顔を瞳に灼きつけてきなさい」

三沢は大きく顎を引いた。

役所の指示に、微塵の疑問もなかった。

任務実行の際に戸惑わないためにも、実物をみておく必要があった。

「風呂に入って髭を剃ってきなさい。その薄汚い格好では、不審人物に思われて外に一歩出たとたんに職務質問を受けるのが落ちだ。三沢君を、シャワー室に案内してくれ」

役所に命じられた大鶴が席を立ち、三沢をリビングの隅に促した。

よくよく考えてみれば、ここに連れてこられてから、一度も風呂に入ってなかった。

三沢は役所に頭を下げ、大鶴のあとに続いた。

☆　　☆

シャワー室から出た三沢は、洗面台の鏡を覗き込んだ。

げっそりとこけた頬、落ち窪んだ眼窩《がんか》、ガラス玉のように無機質な瞳……鏡の中の男は、別人のようだった。

「これに着替えろ」

大鶴が、衣類を差し出した。黒のスーツだった。

バスタオルで躰を拭いた三沢は、トランクスとワイシャツ、そしてスーツの上下を手早く身につけ、最後にワインレッドのネクタイを締めた。

「あとは髪型だな。こいつでオールバックにしろ」

大鶴から受け取ったジェルと櫛――掌に出したジェルを髪に撫でつけ、櫛で後ろに流した。

オールバックにしたのは初めてだった。

いままでは真ん中から髪をわけていたので、よりいっそう別人になった。

なにより、指示されたことにひと言も疑問を口にせず従うようになったのが、外見以上の変化だった。

「ずいぶんいい感じになってきたな。最後はこいつだ」

大鶴が上着の胸ポケットから取り出したのは、サングラスだった。

鏡の中の自分は、もはや、まどかが道で擦れ違ってもわからないほどの変貌を遂げていた。

「ほう、見違えたな。外見ばかりでなく、精神的にもな」

「ありがとうございます」

三沢は、低く短く言うと大鶴を残して洗面所を出た。

☆　☆

高級そうなスーツに身を固めた外国紳士がそこここで談笑する姿は、ハリウッド映画のワンシーンのようだった。

『お前の右斜め前の窓際の席にいるふたりの女は、ターゲットと待ち合わせている編集者とライターだ』

耳に嵌めたマイクロイヤホンから流れる大鶴の声を聞きつつ、三沢は顔前で広げた経済新聞紙越しに視線を二時の方向に向けた。

——今日、志賀雪子は専属契約しているファッション雑誌のインタビューを受けるためにこのホテルのラウンジに現れる。

大鶴は、赤坂のインターナショナルグランドホテルに行く理由を、移動する車中で説明した。

——あんたのやることは、婚約者を危険な目にあわせた女の顔を脳裏に刻み込む……それだけだからね。

坊主女は、運転しながら十回は同じことを繰り返した。

サングラス男だけは相変わらず無言で三沢の隣にいたが、以前のように、刃物を脇腹に突きつけるということはしなかった。

『約束の時間は午後七時。あと五分そこそこだ。いいか? 大丈夫だとは思うが、妙な気は起こすな。俺達は、ラウンジの周囲でお前を見張っている。わかっているだろうが、なにかがあったときはまどかの命はない』

どこかでみているだろう大鶴達を意識して、三沢は小さく頷いた。

『よし。ターゲットが現れたら任務実行をシミュレーションしろ。本番も、今日と似たシチュエーションを選ぶ。ターゲットに、常に、マネージャーの男性が寄り添っている。因みに、そのマネージャーは一政会の組員……お、噂をすれば、ご登場だ』

「いらっしゃいませ」

三沢は、ボーイの声がする方向……ラウンジの出入り口を振り返った。

グレイに薄い白の縦縞が入ったスーツに身を固めた三十前後の男が、すらりと背の高い女性を先導しながら現れた。

あの男が一政会の組員で、背後の女が志賀雪子に違いない。

写真でみるよりもほっそりとしていたが、日本人とは思えないはっきりとした目鼻立ちは間違いなく彼女だ。

あの女のせいでまどかは……。

実物の志賀雪子を目の前にした三沢の血液が、ふつふつと煮え立つように熱くなった。

マネージャーは周囲をアイスピックで抉るような鋭い眼つきで威嚇しつつ、女性ふたりが待つ窓際の席へと向かった。

みるからにその筋の人間とわかる剣呑なオーラを発散させていたが、不思議と恐怖心は湧かなかった。

山奥でのトレーニングの効果か、肚が据わり精神的に強くなったような気がした。

いまなら、どんな任務でもこなせるという自信が、腹の奥底から湧き上がってきた。

「今日は、お忙しいところを、わざわざすみません。わたくし……」

「挨拶はいいから、三十分で終わらせてくれ。このあともスケジュールが詰まってるんだ」

恐縮しながら名刺を差し出そうとする女性編集者を、マネージャーがぶっきら棒に遮った。

志賀雪子も志賀雪子だ。マネージャーのぞんざいな対応に眉をひそめるどころか、椅子にのけ反り携帯電話のメールをいじり始めた。

コギャルに人気のカリスマモデルかなんだか知らないが、世間を舐め腐っている。

「失礼致しました。それでは早速、テープを回させて頂きます」

強張りながらも笑顔を絶やさない女性編集者の気持ちが、同業者の三沢にはよくわかる。

インタビューを受ける作家、タレント、文化人に共通して言えるのは、媒体に取り上げ宣伝してもらうということにたいし、微塵の感謝もないということだ。

マスコミ嫌いの覆面作家、飛ぶ鳥を落とす勢いの売れっ子アイドル、名前が出れば数万部の売れ行きが見込める著名な文化人。

たしかに、出版者サイドで取材を懇願する場合もあるが、たいていは、先方からの売り込みだ。

にもかかわらず、取材を受けてやるのだから、という恩着せがましい態度の輩がなんと多いことか。

テープが回っているのに、相も変わらず携帯電話のメールをいじり続けている志賀雪子など、まさにその典型的タイプだ。

「いま、十代の女のコの間で絶大な人気を誇るユウキさんが、モデルになるきっかけというのは、なんだったんですか？」

どこまで常識外れなのか、今度は電話をかけ始める志賀雪子。

「スカウトだよ、スカウト」

代わりに、マネージャーが面倒臭そうに答えた。

「あ、あの……どちらでスカウトされたのですか？」

それでもめげずに、ライターは志賀雪子に質問を続けた。

「表参道だ」

ふたたび、口を挟むマネージャー。

「は、はぁ……お買い物をしてらっしゃったのですか？」

「んなこた、どうでもいいだろうよ」

吐き捨てるマネージャーの横で、電話の相手に大笑いする志賀雪子。

開いた口が、塞がらなかった。

こんな女は、必要ない。いや、必要ないどころか、消えたほうがこの世のためだ。

それから約三十分弱、インタビューが続けられたわけだが、驚くべきことに、志賀雪子はひと言もライターに答えなかった。

「今日は、本当にありがとうございました」

編集者とライターが、悠々と立ち去るふたりに深々と頭を下げた。

「あ、そうそう。ギャラはいくら？」

マネージャーが立ち止まり、思い出したように訊ねた。

『任務実行日も、あのマネージャーが寄り添っているのは間違いない。戸惑わないように、肌で体感しろ』

大鶴の声が、イヤホンから流れてきた。

たしかに、下見をしておいてよかった。

当日に、マネージャーと初めて遭遇していたなら、戸惑いを越えて気圧されていたことだろう。

三沢は、志賀雪子とマネージャーの背中を見送りながら心で誓った。

必ず、まどかを救うことを。

☆　☆

「あの……」

伝票を手に席を立とうとしたときに、誰かに声をかけられた。

顔を上げた三沢は、声の主の中年男をみた瞬間、息を吞んだ。

中年男は、三沢の勤務先である曙出版の編集長……水村《みずむら》だった。

大鶴達にさらわれてから、当然、会社は無断欠勤の扱いになっていた。

こんなところで出くわすとは、まったくの予想外だった。

が、焦る必要はない。

いまの自分は、服装も髪型も、水村の知っている三沢太一とは違う。

しかも、サングラスまでかけているのだ。

水村の知っている三沢と目の前の三沢では、ヤゴとトンボくらいの違いがある。

「なんでしょう?」

三沢は、声色《こわいろ》を低くして、別人を装った。

「もし人違いなら申し訳ありません。三沢君じゃないですよね?」

遠慮がちではあるが、水村はやはり、ホテルのラウンジで偶然にみかけた男を己の部下ではないかと疑っている。

昔から、水村は、勘が鋭いというか記憶力がよかった。

半年ほど前に、水村と作家のもとへ向かう途中のことだった。

駅の改札を出たときに、いきなり、生え際の後退した百キロはありそうな太った男に声をかけた。

三沢はその肥満男に見覚えがなかったのだが、なんと、三年前に曙出版を退職した元編集者だったのだ。

三沢が気づかなかったのは、同僚時代の彼の体重は六十キロにも満たないほどにガリガリに痩せており、しかも、髪の毛もフサフサとしていたからだ。

あの別人のように変化した元部下を同一人物と見抜いた水村は侮《あなど》れなかった。

「三沢？　いいえ。私は、千田《せんだ》というものです」

三沢は懸命に声色を変えて、別人を装い続けた。内心、水村の千里眼に見抜かれてしまうのではないかとハラハラものだった。

「はあ……そうですか。いや、申し訳ありませんでした」

水村はまだ怪訝そうな顔をしていたものの、とりあえずは人違いだと認めた。

ここで慌てて立ち去ってしまえば、疑いが再燃する可能性がある。

泰然自若《たいぜんじじゃく》とした態度で、水村のモヤモヤを払拭しなければならない。

「まあ、他人の空似というものがありますからね。その三沢さんという編集者の方が、相当私に似ていたんでしょう」

余裕の微笑み——完璧だった。

「では、失礼致します」

会釈《えしゃく》を残し立ち去ろうとしたときだった。

「おい、待てよ。お前、やっぱり三沢だな⁉」

「人違いだと……」

「俺は、ひと言も三沢を編集者だなんて言ってないぞ！」

「あ……い、いや……それはですね……なんとなく編集者のような気がしたというか……」

脳みそが氷結した三沢の口からは、しどろもどろの言葉しか出てこなかった。

「しらばっくれるんじゃない！　お前、会社を無断欠勤して、こんなところで、そんな格好してなにをやってるんだ⁉」

「な、なんのことでしょう？　私にはさっぱり……」

必死に惚《とぼ》けてみせたものの、パンツ一丁で人妻とベッドにいるところを旦那《だんな》に踏み込まれたときの言い訳同様に、説得力は皆無に等しかった。

「まだ、しらばっくれるつもりか！」

水村の右手が三沢の顔面に伸び、サングラスを取り去った。

「ちょ……なにをするんですか……」

覆面を剝がされたプロレスラーのように、三沢は顔を両手で覆った。

「三沢じゃないと言い張るなら、顔をみせてみろ！」

水村が三沢の手を強引に顔から引き剝がしにかかった。

「なんだ、あんたら？」

水村の狼狽した声――三沢は、少しだけ指の隙間を広げて様子を窺った。

サングラス男と坊主女が、左右から水村を挟み込むように腕を取っていた。

「おい、なにを……痛ててて……」

両腕を捻《ひね》り上げられ連行される水村の足は浮いていた。

三沢は会計を済ませ、慌てて三人のあとを追った。

☆　　　☆

「あんたら何者だ⁉　こんなことして、ただで済むと思ってるのか！　警察に訴えてやるぞっ」

山奥の秘密のアジト――椅子に座らされ、ロープで拘束されてからアイマスクと口を塞いでいたガムテープを取られた水村は、開口一番に怒声を上げた。

「編集長さん。もっと自分の立場というものを考えて物を言ったほうがいい」

ソファに座りメイ子とチェスをやっていた役所が、水村にちらりと視線を向けつつ言った。

「脅しか⁉　私は、いろんなマスコミと通じている。あんた達のほうこそ、後悔しないうちに俺を解放しろ！」

少しも気後れすることなく、水村が逆に役所を威嚇した。

まずいことになった。

水村は曙出版でも石部金吉で通っており、その頑固さの右に出る者はいない。

以前、刊行物に天皇を批判するような記事を載せたときに五人の右翼が曙出版の正面玄関に街宣車で乗りつけてきたことがあった。

編集者一同震え上がっている中、水村はひとりで右翼達のもとに向かい、一歩も引かずにやり合った末に撃退したのだった。

そのときも、右翼達は脅し文句のオンパレードを水村に速射砲のように浴びせかけていたが、彼が怖じ気づくことはなかった。

今回も、この石頭が折れるはずもないが、前回と違うのは、役所達はいざとなったら躊躇いなく水村を殺すだろうということだ。

「ほう、三沢君の上司は、ずいぶんと性根の据わった男だね」

口もとを綻《ほころ》ばせていた役所だったが、その眼は笑っていなかった。

「あたりまえだ。ヤクザ者の脅しに腰を引いて、編集長が務まるか！」

「それは心強いが、私達はヤクザではないんだよ。だから、脅しだけなんて思わないほうがいい」

「ふん。同じようなもんだろう。それに、たとえヤクザが右翼であっても、俺に引く気はない」

やはり、水村は水村だった。

このままの調子で突っ撥ね続けていると、大変なことになってしまう。

水村は個人的に好きなタイプではないが……というよりも、どちらかと言えば嫌いだったが、殺されてもいいというまでではない。

「土方君。君の出番のようだね」

三沢の予感は当たった。

荒事と言えば、土方を置いてほかにいない。

水村はきっと音を上げないだろうから、顔の判別がつかなくなるくらいに殴られるに違いなかった。

瞼が塞がり、鼻が曲がり、前歯が全損し……考えただけで痛かった。

土方が、巨体を揺すりながら水村へと近づいた。

あのサザエのような拳から繰り出されるパンチは脅威だった。

「暴力か？　そんなもので、俺をどうにかできるとでも思ってるのか？　こうみえても、学生時代はラグビーと柔道をやっていたから、体罰には慣れているのさ」

案の定、水村の口からは火に油を注ぐようなことしか出てこなかった。

「では、男社会には、慣れているってことだね。それは好都合だ」

役所が、意味ありげに言うと口角を吊り上げた。

「それは、どういう意味だ？」

「まあ、いまにわかるさ。なあ？」

役所に話を振られた土方が、ベルトのバックルに手をかけ、外し始めた。

「な、なんだ？　なにを始める気だ⁉」

それまで強気一辺倒だった水村の顔に、初めて不安の色が浮かんだ。

役所が、なぜ意味ありげな物言いをしたのかがわかった。


――達也……達也！


まだ騙されていたときに、地下室で土方が人質に取られている恋人の写真を手に悲痛な叫び声を上げている姿が三沢の脳裏を掠めた。

土方が組織の人間である以上、もちろん、人質話は嘘に違いないが、恋人……つまり、同性愛というのは本当だったのか？

暴力では応えないと悟った役所は、三沢の予想を裏切るウルトラCを目論《もくろ》んでいたのだ。

三沢の疑問に答えるかのように、土方は上着とスラックスを脱ぎ、ついにはトランクスを取り去った。

「しょ、正気か……？」

土方の猛々《たけだけ》しく反り返る男根をみて、水村が息を呑んだ。

「俺のタイプじゃないが、これも任務だ」

一九六〇年代の俳優を彷彿《ほうふつ》させる低音で言うと、土方が水村のベルトに手をかけ、あっという間に下半身を露出させた。

「や……やめないか……馬鹿なまねは……」

次の瞬間、三沢は我が眼を疑った。

土方の隆々とした太い腕が、椅子に縛りつけられた水村の両の太腿を高々と掬《すく》い上げた。てっきり、ロープを解いて立ち上がらせてから、背後から……と想像していたのだ。

「やめてくれっ、いや、やめてください……」

鬼の目に涙――水村が、これまでみせたことのない情けない顔で哀願した。

土方はにこりともせず、唾で濡らした、常人の親指ほどもありそうな人差し指を水村の肛門になすりつけた。

「おい……おい……」

水村の声は、別人のもののようにうわずり震えていた。

土方が、グイと腰を前に突き出した。

「やめろ……やめろーっ！　やめ……」

水村の絶叫が、結合と同時に悲鳴に変わった。

ちょうど力士の蹲踞《そんきょ》みたいな体勢で腰をマシンガンのスライドのように振りまくる土方。

そのたびに躰を上下にバウンドさせて泣き喚く水村。

いま、三沢の視界で繰り広げられている光景は、悪夢ではなく現実だ。

肉と肉がぶつかり合う音と土方の荒い息遣いが、三沢の肌を粟立たせた。

青白い閃光が室内を染めた。

いつの間にか、坊主女がカメラを構えシャッターを切っていた。

「性根の据わった編集長さんは暴力には屈しなくても、蛙《かえる》みたいな格好で男に犯されている写真を出版界に撒かれるという恥辱には逆らえないはずだ」

涼しい表情で誰にともなく語る役所に、三沢は底知れぬ恐怖を覚えた。

「あの……もう、このへんで十分なんじゃないんでしょうか？」

三沢は、恐る恐る役所に進言した。

「ん？　三沢君。まだまだ、精神トレーニングが足りないようだね？　この恥辱写真は、万が一うまくいかなかったときの保険に過ぎない」

「うまくいかなかったときの保険？」

瞬間、三沢は、役所がなにを言っているのか理解できなかった。

「『カッコーの巣の上で』という映画を知ってるかい？」

「は？」

三沢は怪訝そうな表情で首を傾げた。

『カッコーの巣の上で』という映画は知っているが、なぜ、いまその話題が出るのかがわからなかったのだ。

「精神を患《わずら》い規律を乱す異端児とみられていたジャック・ニコルソン演じる主人公が、最後のほうで病院側に手術を施されたことは知ってるよね？」

もちろん、知っていた。

ジャック・ニコルソン演じるランドル・Ｐ・マクマーフィは、強制的にロボトミー手術を受けさせられた。

ロボトミー手術とは、こめかみの上部に穴を開け、前頭葉にメスを入れて切除するというもので、一九五〇年代に統合失調症の患者にたいして世界的に行われていた。

前頭葉を切り取られると人間は、よく言えばおとなしく、悪く言えば無気力になる。

「まさか……編集長を？」

三沢は、干涸びた声で訊ねた。

「廃人同然になっても、命を奪わないだけありがたいと感謝してもらわないとね」

役所が穏やかな口調で言うと、にっこりと微笑んだ。

三沢の背筋を氷で愛撫するように、冷や汗が垂れ流れた。

改めて思う。
自分は、大変な組織に囚われてしまったと……。

16

灰色の空間。床の中央で三沢は、膝を抱えたいわゆる体育座りの格好で腰を下ろしていた。

四方をコンクリートで囲まれた約三畳の地下部屋。

精神トレーニングをやらされていたのと同じログハウスだが、以前使っていた部屋とは違う。

新しく与えられた部屋にはベッドもなく殺風景、というよりも、なにもなかった。

土方に犯された水村がどこかの部屋に連れて行かれて、一時間以上が経つ。

ひとつ屋根の下で水村は、前頭葉を切除し、思考力を剝奪するという、サイコ映画さながらのロボトミー手術を施されているのだ。

あのホテルのラウンジで、自分に声さえかけなければ……役所達にたいして強気な態度さえ取らなければ、こんな目にあわずに済んだ。

三沢は、ひどく憂鬱な気分だった。

それは、水村がロボトミー手術を受ける、というのが原因ではなかった。

そう、上司が鬼畜の如き所業を受けているというのに、平常心を保てている自分が、恐ろしく、不安で堪らなかったのだ。

大鶴に拉致されてから体験した、信じられない出来事の数々が、三沢の感情を麻痺させたわけではなかった。

あの二週間に及ぶ精神トレーニングが、確実に三沢の価値観を変貌させた。

メスこそ入れられてはいないものの、三沢もまた、ロボトミー手術を施されたようなものだ。

本来の自分となにかが違う、ということはわかるのだが、どこがどう違うのか、という説明はできなかった。

常に頭の中に膜が張ったようなぼんやりとした状態が続き、周囲で起きる出来事に無関心になっている自分がいた。

「僕は、いま、なにをやってるんだろう？」

虚ろな瞳で正面のドアのシミを凝視しながら、三沢は呟いた。

お前は志賀雪子を殺し、まどかを救うのだ。

どこからか、声が聞こえてきた。

その声が聞こえてくるときだけは、頭の中がクリアになった。

ドアのシミがアメーバのように変形し、人間の輪郭を成した。

輪郭は女性のものだった。

三沢は眼を細めた。

「まどか……まどかか？　僕を心配して、様子をみにきてくれたのか？　ありがとう。でも、僕は大丈夫だ。君のほうこそ、つらい思いをしてるんだろうな。でも、もう少しの辛抱だよ。あの鼻持ちならない女がいなくなれば、お前は自由の身になれるから。なあ、まどか。もっと、こっちにきて……」

いきなりまどかの顔が消え、大鶴に変わった。

「仲間を連れてきてやったぞ」

大鶴が横に移動すると、今度はぼうっと立ち尽くす水村が現れた。

水村は頭に包帯を巻いていた。

いつもの強い光を宿した瞳はガラス玉のように無機質で、表情全体が静止画像のように動きがなかった。

目の前の水村からは、簡単に言えば生気が伝わってこなかった。

「それから、実行日が決まった。明後日の午後三時。場所は恵比寿のオースティンホテルのラウンジだ」

三沢が頷くと、大鶴は部屋から出て行った。

水村の前で任務の実行日を口にするということは、つまり、もはや彼は人形程度の存在でしかないことを意味している。

「編集長、座ってください」

声をかけてみたが、水村は相変わらず立ち尽くしたまま、宙に視線を泳がせていた。

水村は思考力が剝奪されただけではなく、言っていることも理解できなくなっているようだった。

三沢にしても、立ち上がって彼を座らせるまでの気力も興味もなかった。

——明後日の午後三時。場所は恵比寿のオースティンホテルのラウンジだ。

大鶴の指令を、三沢は心で反芻《はんすう》した。

オースティンホテルのラウンジは、何度か作家との打ち合わせに利用しているので構造はわかっていた。

王朝宮殿風のソファが二十席ほどあるのだが、広大なスペースにゆったりと配置されているので、実行するには最適だった。

店内が狭く込み合っていると、ターゲットを刺すにも逃げるにも動きが取りづらくなるし、店員の視線も気になってしまうからだ。

水村が、三沢の横にすぅっと腰を下ろした。

ガラス玉の瞳は、宙を彷徨い続けている。

「気分はどうですか？」

返事を期待しないで、三沢は訊ねた。

水村の具合が心配なのではなく、気を紛らわす目的だった。

実行日が明後日と決まり、三沢は緊張していた。

志賀雪子を確実に仕留めることができるかどうかが、その理由だ。

問いかけて五分が過ぎても、予想通り水村から返事は返ってこなかった。

背を猫背気味に丸め、両足を投げ出した格好で、宙の一点をみつめている。

あんなに熱く激しい性格の男が、躰の一部を切り取られただけで抜け殻同然の無気力になってしまった。

人間とは、脆《もろ》い生き物だ。

彼にはこの先、どんな人生が待っているのだろうか？

変わり果てた夫の姿をみた妻は……。

頭に力が入らなくなり、考えることをやめた。

勢いよく、ドアが開いた。

「飯だ」

大股で歩み寄ってきた坊主女が、ふたつのトレイを三沢と水村の前に置いた。

三沢のトレイには、血の滴る分厚いステーキとミネストローネ、サラダにポテト、そして、大盛りの白米がよそってあった。

たいする水村のトレイには、茶碗半分の白米と漬物しかなかった。

「こいつには、栄養を摂らせても無駄だからね」

三沢の視線に気づいた坊主女が素っ気なく言うと、ベルトを外し迷彩柄のズボンを脱ぎ始めた。

「いまからやることを誰かに言ったら、あんたの恋人を殺すよ」

坊主女が、ズボンと揃いの迷彩柄の下着を脱ぎつつ言った。

三沢は頷いた。

坊主女の下半身は、臍《へそ》の真下まで黒々とした剛毛に覆われていた。

たとえるならば、野伏《のぶし》の顎鬚のようだった。

坊主女は水村を押し倒すと、バックルに手をかけ力任せにズボンとブリーフを引き下ろした──萎《しな》びたペニスをかぶりつくように口に頬張り、下品な音を立てながらしゃぶり出した。

「脳みそだけじゃなく、こっちもスクラップなのかい⁉」

残骸を食らうハイエナのようにフェラチオを続けていた坊主女が、一向に反応しないペニスにいら立ち吐き捨てると、唾液をつけた男顔負けの太い人差し指を水村の肛門に捩じり入れた。

坊主女が数秒も刺激すると、水村のペニスがロケット風船さながらに膨張した。

ふたたび、ペニスにむしゃぶりつく坊主女。

が、水村は無表情だった。

三沢は、ナイフで切りわけたステーキを口に運んだ。

肉汁が、口内に染み渡った。

ミネストローネも、タバスコがほどよく利いており、食欲を誘発した。

ひとしきり、生肉に舌鼓を打っていた坊主女が、今度は己の股ぐらに唾液を塗り、マネキン人形さながらに仰向けの体勢で動かない水村の上に、和式便所スタイルで腰を埋めた。

騎乗位、というよりもヒンズースクワットの動きで水村を攻め立てる坊主女は顔を上に向け、下腹を震わせるような遠吠え……いや、喘《あえ》ぎ声を上げた。

対照的に水村は、相変わらず表情ひとつ変えないで天井をみつめていた。

前頭葉とやらを切り取られると、人間は、快楽も感じなくなってしまうのだろうか？

次々とステーキを口に放り込みながら、三沢は水村を観察した。

勃起したのも、蛇口を捻れば水が出てくるのと同じで、快感とは関係なしに海綿体に血液が……。

脳内に靄がかかり、それまで考えていたことが地面に触れた細雪《ささめゆき》のように消えた。

すべての食器を空にしても、まだ、坊主女はスクワットを続けていた。

刈り込んだ頭を掻き毟りながら左右に振り、意味不明な叫び声を発している——坊主女の上下運動のピッチが上がった。

「はぉっ、はぉっ、はぉっ、はぉはぉはぉ……はぉーん！」

奇妙な絶叫——水村の胸に覆い被さる坊主女の背中が大きく波打つ様を、三沢は缶のウーロン茶を傾けつつ眺めていた。

二、三分経った頃に、坊主女はのろのろと立ち上がり、脱ぎ捨てられて丸まっていた下着とズボンを身につけると、何事もなかったように部屋をあとにした。

三沢は、煙草を取り出し、火をつけた。

水村のペニスは、まだ、天を向いたままだった。

一本がフィルターまで灰になったところで、ふたたびの来訪者——サングラス男が入ってくると、半裸で仰向けになった水村の姿を認めて足を止めた。

「おい、なにがあった？」

サングラス男が、低く押し殺した声で訊ねてきた。

――いまからやることを誰かに言ったら、あんたの恋人を殺すよ。

坊主女の音声が脳内で再生された。

「さあ」

三沢はクビを捻った。

「隣にいて、知らないはずはない」

素早く三沢の背後に回ったサングラス男が、首筋にナイフをあてがってきた。

「本当のことを言わないと、死ぬことになる」

真実を口にしたら、まどかが殺される。

自分の命があるかぎり、彼女を守らなければならない。

「本当に、知りません」

「もし、嘘を吐《つ》いてたら、いまこの場で……」

サングラス男が言葉を切り、三沢の正面に回り、顔を近づけてきた。

殺す。

言葉の続きは、聞かなくともわかる。

この男なら、眉ひとつ動かさずに、それくらい平気でやってのけることだろう。

もともと、大鶴、坊主女と比べても、無口で、冷酷な人間だった。

「だから、知らないと言ってるでしょう」

「お前……」

サングラス男が、ナイフを持つ右腕を頭上に掲げた。

殺される……。

だが、助かるために坊主女の行為を話してしまったら、まどかが殺される。

だからといって、自分が殺されてしまったらまどかを助けることはできない。

どうすればいい……どうすれば……?

高々と放り上げられたナイフが、コンクリート床に甲高い音を立てながら転がった。

「三沢ちょわぁーん、頼むから、教えてくれよ〜ん」

突然、サングラス男が立ち上がり、胸の前で掌を合わせ、腰をくねくねと振りながらいままで聞いたことのないような変な声を出して懇願した。

「ねえねえねえ、教えてくれなきゃ、僕ちん、泣いちゃうから!」

眼の下に手を当て泣きまねのポーズを作るサングラス男を、三沢はフンコロガシの生態を研究する昆虫学者のように観察した。

サングラス男が無表情に戻り、ナイフを拾い上げるとなにごともなかったように部屋を出た。

いまのは、いったい、なんだったのだろうか?

ひとつだけ言えるのは、自分に与えられた任務には無関係だということだった。

三沢は、横に首を巡らせた。

水村は、規則正しい寝息を立てて眠っていた。

明後日の任務のために、少しでも体力を温存しておこうと、仰向けになろうとしたときのことだった。

静かにドアが開き、大鶴が窺うように周囲に首を巡らせつつ入ってきた。

これで、三人目の訪問者だ。

大鶴は、半裸で横たわる水村を一瞥《いちべつ》もせず、まっすぐに三沢のもとに歩み寄ってきた。

「ちょっと、話がある」

そして、三沢の前に腰を下ろすと緊張気味に強張った顔を近づけて囁いた。

「なんですか?」

「俺と一緒に、ここから逃げ出さないか?」

「逃げ出すって……どういう意味ですか?」

三沢は、質問を質問で返した。

自分がそう言い出すのなら、まだわかる。

だが、組織側の人間である大鶴が口に出すことではない。

「自由の身にならないかってことだよ」

「だって、大鶴さんは組織の一員じゃないですか？　それに、任務はどうするんですか？」

疑問を、率直にぶつけた。

なにより、自分を拉致、監禁したのは、誰あろう大鶴なのだ。

「馬鹿言うな。俺なんて下っ端だ。役所さんだって、雇われ社長みたいなもんだ。いいか？　任務が成功したところで、すべてを知ってしまったお前を、本当に自由の身にさせると思うのか？」

「任務が終わったら殺される、ってことですか？」

大鶴が頷いた。

「でも、どうして大鶴さんまでが逃げなければならないんですか？」

「すべてを知っているのは、お前だけじゃない。いや、お前なんか比較にならないほどに深く知っている。組織は、志賀雪子暗殺の任務に携わった全員を殺すつもりだ。それは、役所さん、土方さん、メイ子さんも例外じゃない。ただ、あの人達はかなり深くマインドコントロールされているから、聞く耳を持ってくれない……というより、そんな話をしたらすぐに上に報告されてしまう。だが、洗脳度の浅いお前なら、人生をやり直すことができる」

説明している間も、大鶴は常に周囲を気にして怯えていた。

「それはわかりましたが、なぜ僕を？　大鶴さんひとりで逃げたほうが危険度は少ないじゃないですか？」

脱走のような隠密行動は、ふたりよりひとりで行動したほうが目立たないのは小学生でもわかる話だ。

それに、組織側の大鶴ならいくらでも怪しまれずにこの建物から抜け出すことができるが、囚われの身である自分がいたらそうはいかない。

「お前がいなければ困る。脱走しても、組織は追ってくる。警察に匿《かくま》ってもらわなければならないんだ。そのためには、お前の証言が必要になるのさ」

「僕が、警察で証言？」

「そうだ。組織側の人間だけでは、信憑性《しんぴょうせい》に欠けてしまう。被害者のお前が拉致、監禁されてからの流れを供述してくれたら説得力が増すからな」

「僕達は自由の身になっても、まどかはどうなるんですか？」

三沢は、一番に気がかりなことを口にした。

「俺は、彼女が囚われている場所を知っている。警察に救出を依頼すればいい」

三沢は、煙草に火をつけ熟考した。

三本灰にする間、大鶴は無言で三沢をみつめていた。

「それは、できません」

三沢の決断に、大鶴が絶句した。

「……な、なんでだ？　自由の身にもなれるし、婚約者を救うこともできるんだぞ？」

「警察が介入することで、まどかの身に危険が及ぶ可能性が高くなります」

大規模な暴力団組長の娘を暗殺するために、これだけ大がかりな計画を企てる組織だ。

きっと、鉄壁のセキュリティシステムを持つ建物に監禁しているに違いない。

それに、本当に大鶴が知っているという場所にまどかがいるとはかぎらない。

簡単に組織を裏切るような男に、真実を伝えているかどうか疑わしいものだ。

「おい、本当に、志賀雪子を殺せばお前と婚約者が解放されると思ってるのか？　いいか？　もう一度言うぞ。奴らはな、任務が終了したら、お前もまどかも消す気だ。それがわからないのか？」

「志賀雪子を殺せば、まどかは助かる。組織は僕を裏切ったりはしない」

三沢は、必死に諭してくる大鶴に、淡々とした口調で言った。

「お、お前……それ、マジで言ってるのか？　なあ、考え直してくれ。いや、絶対に考え直すべきだ」

なおも、脱走計画を持ちかけてくる大鶴に、三沢は静かに首を横に振った。

「お前がそこまで言うのなら、本当のことを話してやろう。明後日、任務を実行するラウンジには、お前のほかに、もうひとり男が待機している。そいつが誰だかわかるか？　志賀雪子を刺殺したお前を殺すための男……つまり、今回の任務は二重暗殺だ。二重暗殺は、この世界ではそう珍しいことではない。考えてもみろ。暗殺者というのは、組織にとって最大の秘密を握っている危険人物であり、その人間が良心に苛まれて誰かに密告しないという保証はない。なあ、三沢。悪いことは言わん。俺と一緒にここから抜け出そうじゃないか」

「お断りします」

三沢は、即座に答えた。

考えるまでもなかった。

誰に知恵を入れられたのか知らないが、大鶴は冷静な思考能力を失っている。

「おい、これだけ言っても……」

「組織は約束を守ってくれます。二重暗殺などありえないし、僕がきっちり任務をこなせばまどかを必ず解放してくれます。役所さんを信用できないのであれば、大鶴さんひとりで脱走してください。心配しなくても、誰にも口外しませんから」

役所に告げる気もなければ、軽蔑も怒りもなかった。

ただ、自分の任務を妨げないでほしい……それだけだった。

「お前……マジに洗脳されちまったのか？」

大鶴が、呆気に取られた表情で三沢をみた。

「洗脳されているのは、大鶴さん、あなたでしょう？　いったい、どうしてしまったというのですか？　脱走しようだなんて、信じられません。恥というものを知らないんですか？　恥というものを。あなたには、正直がっかりしました。もっと、肚の据わった冷静沈着な男だと思っていました。どこかの阿呆の入れ知恵を真に受けて同志を裏切るとは、大鶴さんも落ちたものですね」

三沢は、冷めた眼で大鶴を見据えた。

「て、てめえ、下手に出てりゃ調子づきやがって。誰に口利いてると思ってるんだ！」

鬼のような形相の大鶴の右手が矢のように飛んできて、三沢の喉を鷲掴みにした。

息が喉仏のあたりで塞《せ》き止められ、脳みそが痺れ始めた。

「大鶴君。芝居に本気で怒ったらだめだろう？」

曖昧になりかける意識。耳に忍び込む聞き覚えのある声——喉への圧迫がなくなり、遮断されていた酸素が我先にと脳細胞に流れ込んだ。

芝居？　芝居とは？

薄暗く砂埃の舞うような視界に、男性の影が現れた。

徐々に、砂埃が消えてゆき、視界がクリアになってきた。

声の主は、役所だった。

「すみません。つい、カッとなってしまいました」

大鶴が、深々と頭を下げて役所に詫びた。

眼を凝らすと、役所の背後には、坊主女とサングラス男が立っていた。

「まあ、無理もないな。隣でいきなりセックスが始まっても、無口な男が幼児言葉で弾けても、自分に暗殺トレーニングを施していた教官が脱走を誘ってきても、まったく動じないんだからな」

「あの臆病で意気地なしですぐに弱音を吐く男が、変われば変わるものね」

役所が満足そうに微笑み、坊主女が感心したように言った。

ようやく、事の顛末《てんまつ》が理解できた。

つまりは、坊主女の逆レイプもサングラス男の人格崩壊も大鶴の組織への謀反《むほん》も、そのすべてが、自分を試すための演技だったのだ。

すっかり騙されてしまったが、なにを試そうとしていたのだろうか？

芝居などして騙さなくても、自分が明後日には志賀雪子を暗殺するという事実は変わりようもない。

「三沢君。トレーニング全課程終了だ。おめでとう」

役所が差し出してくる右手を、三沢はしっかりと握り返した。

傍らでは、半裸姿の水村が規則正しい寝息を立てていた。

17

ベッドに横になった三沢は、三冊目の文庫本を手に取った。

任務前日。三沢は、最初に連れてこられた部屋に戻されていた。

水村はどうなったのかは知らない。朝からずっと、朝食と昼食と夕食を差し入れられたとき以外は、部屋に閉じこもり読書に没頭していた。

役所に与えられた本は五冊。すべて、戦国時代のものだった。

もともと時代小説は好きではなかったが、どうせ内容は頭に入っていないのだから関係なかった。

読書に没頭しているのは、夢中になってストーリーを追っているわけではなく、一切の雑念を追い払い「無」になるためだ。

解錠音に続いて、階段を下りてくる足音が聞こえた。

「気分はどう?」

ワンピース姿のメイ子が、唇になだらかな弧を描き訊ねてきた。

「平常心を保ててます」

「あら、それはよかった。しかし、あなた、本当に変わったわね。別人みたい」

言いながら、メイ子が背中に腕を回しワンピースのファスナーを下ろし始めた。

肩から、ストン、と衣服が落ちると、一糸纏わぬ白い裸体が露出した。

折れてしまいそうな細い鎖骨《さこつ》に、乳輪がこんもりと盛り上がり乳首が上向き加減の釣り鐘型の豊満な乳房、うっすらと浮く肋骨、見事に括《くび》れたウエストラインに張り出したヒップライン……メイ子の肉体は、とてもエロティックだった。

本人も抜群のプロポーションを自覚しているのであろう、秘部を薄く覆う陰毛を隠そうともせずに、絵画のモデルのように立ち尽くしていた。

「抱いてちょうだい」

濡れた瞳でみつめ、ゆっくりとメイ子がベッドに歩み寄り三沢の隣に腰を下ろした。

「その気はありませんから」

「まあ、こんなになっているのに？」

メイ子が、熱を持つ三沢の股間を掌でそっと包んだ。

たしかに、三沢の下半身はメイ子の極上の肉体に反応している。

だが、それは、梅干しやレモンをみると唾液が湧き出す条件反射と同じで、彼女に欲情しているというわけではなかった。

「やめてください」

三沢は、メイ子と距離を取り、座り直した。

「あ、もしかして、また、試されていると思ってるんでしょう？　心配しなくても、これはテストじゃないから平気よ。ボスやほかの誰にも内緒で、あなたに会いにきているから」

メイ子が、悪戯《いたずら》っぽく笑った。

みなに内緒で……それはそうだろう。

三沢とて、彼女の誘惑が演技だとは思っていない。

明日の大事な任務を前にして、役所が女などあてがうはずがなかった。

三沢が断ったのは、もちろん、まどかを愛しているから……それともうひとつの理由があった。

「そんなんじゃありません。今夜は、ひとりでテンションを高めたいんです。出て行ってくれないなら、ボスに言いますよ」

メイ子が憮然とし、手早く衣服を身につけ部屋をあとにした。

三沢は、役所のことを初めてボスと呼んだ。

18

王朝宮殿風のソファ、ゆったりとしたテーブルの間隔、談笑する外資系エリート商社マンふうの欧米人達。

恵比寿のオースティンホテルのラウンジ……イタリアスーツを纏い、ロマンスグレイのカツラを被り窓際で経済新聞を広げる三沢は、周囲の紳士達と比べても遜色《そんしょく》なかった。

新聞越しに滑らせた視線を、右隣のテーブルにやった。

そのテーブルの上には、予約席、のプレイトが置かれていた。

役所、大鶴経由で聞かされた情報誌の取材は午後三時……始まるまでに、まだ、三十分もある。

渇望していたこの瞬間……任務実行日が、ついにやってきた。

三沢には、恐怖も緊張もなかった。

あるのは、解放に向けてのカウントダウンにたいしての期待感だけだった。

三沢は、足もとにある紙袋に眼をやった。

紙袋の中には、刃渡り十五センチのサバイバルナイフが入っていた。

志賀雪子が取材を受ける隣のテーブルまで、約一メートル――一番遠い席に座ったとしても二メートル弱。

刺すことは、そう難しくはない。

問題は、その後だ。

志賀雪子を刺殺しても、取り押さえられてしまえばまどかを救えない。

今日も恐らく、あのチンピラマネージャーがターゲットをぴったりとガードしているに違いなかった。

ラウンジには、三沢以外に、大鶴、メイ子、土方が客を装い座っている。

出入り口に近い席では、ロン毛のカツラを被り革の上下を着込んだミュージシャンふうの土方と、金髪のカツラに破れたジーンズの上下といった出で立ちのメイ子がカップルを演じ、フロアの最奥の席では、大鶴が七三分けの髪型に銀縁眼鏡といった役人スタイルで物静かにコーヒーを飲んでいた。

打ち合わせでは、任務実行後、三沢のあとを追えないように三人がチンピラマネージャーの障害になるように行動するということになっていたが、計画どおりにいくかどうかが不安だった。

因みに、サングラス男はラウンジの外で見張り役を、坊主女はホテルの正面玄関付近に停めたバンで待機している。

志賀雪子を刺殺し、追っ手を振り切りホテルを飛び出し、坊主女の待つバンに乗り込み、まどかが囚われている場所まで一直線……というのが、すべてのシナリオだった。

大鶴が言うには、まどかはとある雑居ビルに監禁されているらしい。

任務遂行した三沢は、そのビルの近くで待機し、現場に残ったサングラス男からの報告でターゲットが死んだことを確認後に、ようやくまどかに会えるのだ。

「さあ、はやくこい」

三沢は、腕時計を睨みつつ、脳内に浮かぶ志賀雪子に呟いた。

☆　　☆

「いらっしゃいませ」

経済新聞越しの三沢の視線の先……黒スーツに身を包んだチンピラマネージャーが、肩を怒らせラウンジ内に入ってきた。

マネージャーの背後から、眼の覚めるような純白のスーツを纏った志賀雪子が颯爽《さっそう》と現れた。

「なんだ？　誰もきてねえのか⁉」

マネージャーが、無人のテーブルをみて血相を変えた。

「マジぃ？　ちょっとぉ、もう、勘弁してよぉ」

雪子が、手にしていたポーチをグルグルと回しながら不貞腐れた。

「おい、てめえ、いまどこだ⁉」

携帯電話の番号ボタンをプッシュしていたマネージャーが、記者と思しき相手に食ってかかった。

「はぁ⁉　渋谷⁉　なにやってんだ、てめえはよ！　もう、三時になってんじゃねえかよっ」

どうやら、取材相手の記者は渋滞に摑まったようだ。

三沢にとっては、好都合だった。

人数が少なければ少ないほど、任務がやりやすくなるというものだ。

「なんだって言ってんのよ？」

電話を切ったマネージャーに、雪子が不機嫌そうに訊ねた。

「ええ、なんでも道が混んでるとかで……」

「冗談じゃないわよっ。この私を待たせるだなんて、どういうつもりよ！　もう、帰るわっ」

憤《いきどお》り、席を立とうとする雪子を、慌ててマネージャーが止めた。

「ちょ、ちょっと、待ってください」

「この情報誌は、五十万部の発行部数がありますんで、プロモーション効果は抜群です。

きつく叱っておきますんで、ここはひとつ我慢しましょう」

「わかった、わかった。ロイミティー頼んでよ」

面倒臭そうにマネージャーに言うと、雪子は携帯電話をイジり始めた。

実行するなら、記者がいないいまがチャンスだ。

三沢は、周囲に視線を巡らせ、紙袋を手に腰を上げた。

いままで平常心だったが、急に、鼓動が高鳴ってきた。

レジに行く振りをして、雪子に近づいた。

マネージャーはウエイターを探し、三沢にはまったく注意を払っていなかった。

三沢が雪子の真隣に立つのと、ウエイターがマネージャーに注文伺いにくるのが、ほとんど同時だった。

相変わらず、椅子の背凭れに身を預けメールを打っている雪子のふくよかに盛り上がった左胸はガラ空きだ。

薄手のスーツ姿なので十分に刃は届く。

三沢は小さく深呼吸をして、紙袋の中に右手を差し入れた——サバイバルナイフの把手を握った。

いきなり、右腕を誰かに摑まれた。

跳ね上がる心拍——サングラス男が、三沢を引き摺るようにラウンジの出入り口へと駆けた。

「おい……なにをするんだ⁉」

「任務は中止だ」

「中止って、どういうこと……」

「事情はあとで話す」

訊ねる三沢を遮り、サングラス男が低く短く言った。

「お前、なんのつもりだ⁉」

ロン毛と金髪のカツラを被りカップルを装っていた土方とメイ子が、血相を変えて行く手を遮った。

奥の席からは、七三髪に銀縁メガネの男……大鶴がダッシュしてきた。

サングラス男の右腕がふたりの首筋に動いた直後に、霜《しも》の張った地面を踏み締めるような音が聞こえた――土方とメイ子の両腕が跳ね上がり、足を棒のように突っ張らせながら仰向けに倒れた。

なにが起こったのか、三沢にはわけがわからなかった。

「おい、貴様！」

ラウンジを飛び出したサングラス男の背後から、大鶴が襲いかかってきた。

足を止め振り向き様に、サングラス男が裏拳を飛ばした。

また、霜柱を踏み砕く音。サングラス男の右手の先……スタンガンの電極が、大鶴の頬に食い込んでいた。

「急ぐぞ！」

白眼を剝き、腰から崩れ落ちる大鶴を置き去りにサングラス男がふたたび駆け出した。

「仲間に、なんてことをするんだ！」

「文句はあとにしろ」

サングラス男の駆け足のピッチが上がった——三沢は、ホテルの前に横づけしてあった黒塗りの車の後部座席に押し込まれた。

「出してくれ」

隣に乗り込んできたサングラス男が命じたドライバーズシートに座る人間は、坊主女ではなかった。

ドライバーズシートの人間……濃紺のスーツを着た男が勢いよくアクセルペダルを踏んだ。

「あんたら、何者……」

車が急にドリフトし、三沢の躰がシートに叩きつけられた。

サングラス男が、後ろから迫ってくるバンをみて舌打ちをした。

車はホテルの敷地内を逆走し、車道に出ると強引に右折した。

バンも車体を揺らしながら物凄いスピードで追ってきた。

三沢は、シートの背凭れに掴まり、猛追するバンのフロントウインドウに眼をやった。

ステアリングを握るのは、鬼の如き形相の男、いや、坊主女だった。

「青井《あおい》、撒けるか？」

サングラス男が、ドライバーズシートの男……青井に訊ねた。

「国道じゃきついですね。脇道に入ればなんとか」

「そこを左に入れ」

サングラス男が身を乗り出し、フロントウインドウ越し——数メートル先の交差点を指差し命じた。

車体がスリップ音とともに大きく左に傾いた。

目の前に、両側に商店が建ち並ぶ入り組んだ路地が広がった。

約十メートル後方から、ピッタリとバンが続いていた。

坊主女のドライビングテクニックはかなりのものだ。

「この道、まずかったんじゃないんですかね？」

青井が、不安そうに口を開いた。

三沢も同感だった。

この路地は、狭い道幅にもかかわらず一方通行になっておらず、いつ対向車が現れて行く手を遮られてもおかしくはなかった。

が、その展開は三沢にとっては幸いだった。

任務を妨害された現状では、まどかの命が危ない。

任務を再開し、なにがなんでも志賀雪子を仕留めなければならなかった。

「大丈夫だ。以前、この近所に住んでたから土地勘には自信がある」

サングラス男は続けて、右、左、右、と青井に指示を連発した。

迷路のような入り組んだ道で右折と左折を繰り返すうちに、いつの間にかバンの姿がみえなくなっていた。

言葉通り、サングラス男は見事に坊主女を撒くことに成功した。

「もうそろそろ、何者なのか教えてくれてもいいんじゃないのか?」

三沢は、逸《はや》る気持ちを抑えてサングラス男に訊ねた。

任務にリトライするにも、まずはここから抜け出さなければ話にならない。

「俺達は、公安だ」

「え?」

瞬間、サングラス男がなにを言ってるのか理解できなかった。

「潜入捜査中の公安部の者だ」

「こ、公安⁉　潜入捜査⁉　冗談だろ?」

三沢は、乾いた笑いを強張った頬に浮かべた。

「このシチュエーションで、冗談なんか言うわけないだろう？」

「じゃ……じゃあ、志賀雪子暗殺を阻止するために、大鶴さんや役所さんのもとにいたのか⁉」

驚きを隠せない三沢に、サングラス男が頷き名刺を差し出した。

警察庁警備局公安部　沖江《おきえ》　光弘《みつひろ》

「ま、マジかよ……」

三沢は、放心状態で呟いた。

役所達が自分を暗殺者に仕立て上げるために囚われ人を演じていたことにも驚いたが、サングラス男が公安だったというのはそれ以上のインパクトかもしれない。

人気女優がじつはニューハーフだった、ということに匹敵するくらいに、信じ難い真実だった。

「驚くのはまだはやい。あの役所って男はな、一政会の若頭《わかがしら》なのさ」

「一政会だって⁉　そんな馬鹿な！　役所さんは、一政会の会長の娘を暗殺しようとしてるんだぞ⁉　ヤクザの世界に詳しいわけじゃないが、親分は神様と同じだ。その神様の娘を殺そうとするわけないだろう?」

「なにが役所さんだ。すっかり洗脳されやがって。いいか? いま一政会は、会長の志賀派と若頭の役所派の間で派閥争いが激化している。もともと、反りの合わないふたりでな。役所はな、虎視眈々《こしたんたん》と会長の椅子を狙っているんだ。志賀雪子は、関西最大の広域暴力団、龍神会《りゅうじんかい》会長、樋渡甚平《ひわたしじんぺい》の息子と婚約している。龍神会と親戚関係となれば、志賀政権は安泰となる。しかも、樋渡の息子は雪子と婚約する前に役所の娘と交際していたんだ。つまり、役所の娘を捨てて雪子に乗り換えたってわけだ」

思わず、サングラス男……沖江の話に聞き入っている自分がいた。

「役所は志賀雪子を殺し、樋渡の息子と自分の娘の縒《より》を戻させて組内でのイニシアチブを取るつもりだ。雪子が死ねば、最悪、縒が戻らなくても、志賀と樋渡が親戚関係になるのを防ぐ目的は達成できるという計算だ」

騙されてはならない。沖江は尤もらしい物語をでっち上げ、自分を取り込み役所を捕らえる腹積もりに違いない。

「でも、どうして公安がヤクザ絡みの事件に動くんだ? あんたらは、国家転覆を狙う政治犯なんかが専門だろう?」

「今回の計画には、黒幕がいる。役所の背後で糸を引いているのは、北朝鮮の軍幹部なのさ。黒幕の目的は、日本を二分する一政会と龍神会の二大暴力組織を傘下におさめることに……」

「そんな戯言《ざれごと》、誰が信じるか」

三沢は、紙袋から取り出したサバイバルナイフを沖江の脇腹に突きつけた。

「両手を頭の後ろで組むんだ」

「お、おい、馬鹿なまねはやめろ」

「言うとおりにしろ！　あんたは車を停めるんだっ」

三沢は沖江に怒声を浴びせたのちに、青井に視線を移して命じた。

沖江が、唇を噛みながら組んだ両手を後頭部に回した。

「沖江さんに……」

「はやく停めないと刺すぞ！」

三沢の怒声に、車がスローダウンした。

「よし。お前も手を頭の後ろで組め」

青井が手を上げるのを確認し、三沢は沖江の上着のポケットを探った。

「動くなよ、動くなよ」

脇腹に当てたナイフで牽制しながら、探り当てたスタンガンを取り出し沖江の首筋に電極を押しつけた。

乾いた放電音とともに、躰を硬直させた沖江が白目を剝いてシートに倒れた。

「貴様、なにをす……」

最後まで、言わせなかった——今度は、青井のうなじにスタンガンを押し当て放電した。

青井がステアリングを抱くように前のめりに倒れた。

三沢はスタンガンとサバイバルナイフを紙袋に放り込み、車から飛び出し、背後からきた空車の赤ランプを点すタクシーを止めた。

「とりあえず、まっすぐ」

リアシートに乗り込み運転手に告げると、三沢は沖江の携帯電話を上着の内ポケットから抜き、大鶴の番号をディスプレイに呼び出しクリックした。

「まっすぐって……どちらへ？」

「まっすぐはまっすぐだよ！」

三沢の怒声に、運転手が弾かれたようにアクセルを踏んだ。

『テメェ、何者だ⁉』

二回目のコール音が途切れるなり、今度は三沢が怒声を浴びせられた。

「すみませんっ。三沢です。なんとか、抜け出すことができました。いま、タクシーに乗って、渋谷あたりを走ってます！」

『言わされてるんじゃないだろうな？』

訝しげに、大鶴が訊ねてきた。

「違いますよ！　サングラスの男……沖江とかいう名前らしいですけど、奴が持っていたスタンガンを奪って通電して逃げてきたんですっ」

『奴は、何者だったんだ⁉』

「公安だと言ってました。今回の志賀雪子暗殺の任務について、沖江は……」

一政会の会長と役所の内部抗争。役所の背後で糸を引く北朝鮮の軍事関係者の幹部の存在。関東、関西の二大広域組織を利用しての国家転覆計画——三沢は、沖江が言っていた話を口を手で押さえ、小声で話した。

『馬鹿馬鹿しい。そんなの、すべてでたらめだっ』

大鶴が、怒り交じりに吐き捨てた。

「僕も、そう思います」

『とにかく、いまから俺の言う住所にこい。ここにはおまえの婚約者がいる。万が一、おかしな奴が一緒だったら、いとしい恋人の命はないと思え』

「わかってます」

『じゃあ、言うぞ。豊島区……』

「ちょっと待ってください。ボールペンとメモを貸してくれ」

三沢は大鶴の声を遮り、運転手に言った。

「どうぞ」

大鶴が告げる豊島区の先の住所を、三沢はメモ用紙に書き写した。

『どのくらいでこられるんだ？』

「三十分もあれば、到着すると思います」

『もう一度、言っておく。このビルの周辺を、大勢の人間が監視している。お前以外の人間の姿がみえた瞬間に、まどかを射殺する』

「わかりました」

既に、携帯電話からは冷たい切断音が流れていた。

三沢は、逸る気持ちを抑え、眼を閉じた。

「いま、行くからな」

瞼の裏に浮かぶまどかに、三沢は語りかけた。

☆　　☆

ロマンス通りでタクシーを降りた三沢は、メモ用紙に走り書きした番地と電柱の住居表示プレイトを照らし合わせた。

三沢は、壁面に罅の入った古い雑居ビルの前で足を止めた。

窓も割れており、ガムテープで補修されている。

もう一度、メモ用紙の番地とビルの住所を確認した。

このビルに、間違いなかった。

こんな杜撰《ずさん》な管理のところに監禁されているまどかが、憐れでならなかった。

大鶴が、どういうつもりでまどかのいる場所に自分を呼んだのかはわからないし、会えるかどうかもわからない。

だが、目と鼻の先に、最愛のまどかがいることに変わりはない。

ようやくだ。ようやく、まどかに会える。

拉致、監禁、危険なトレーニング、驚愕の裏切り……長かった。本当に、長かった。

正直、挫けそうになったのは一度や二度じゃない。もう、まどかに永遠に会えないと思い、涙で枕を濡らした日々も数知れない。

三沢は唇をきつく引き結び、己を鼓舞するように頬を一度叩くと、ビルのエントランスに足を踏み入れた。

老朽化したビルにはエレベータはついておらず、大鶴に指定された四階まで三沢は階段を使った。

切れかかった蛍光灯の明滅する明かりが、辛気臭さに拍車をかけていた。

四〇一号室。三沢は大きく息を吸ったあとに、ドアをノックした。

インタホンもついていない古いビルと天井から睨む監視カメラのアンバランスさが異様だった。

ドアが開くといきなり伸びてきた手に胸倉を摑まれた——室内に引き摺り込まれた三沢の足が宙に浮いた。

咽頭《いんとう》が圧迫され、酸素の流入が遮断された。

青黒くぼやける視界に、見知らぬ大男の姿が入った。

次の瞬間、室内の景色が流れ目の前にコンクリートが迫った。

鼻先に、革靴が現れた。

三沢は、痛打したみぞおちを押さえ、恐る恐る見上げた。

いつの間にか、大男の前に役所が立っていた。

三沢は、息を吞んだ。

役所の顔は、かつてみたことがないほどに険《けわ》しいものだった。

「い、いきなり、なにをするんです⁉」

「いつからだね？」

役所が、背筋が凍るような冷たい眼で三沢を見据えた。

「なにがです？」

「公安のスパイと、いつから手を組んでいると訊いてるんだ？」

「じょ、冗談でしょう⁉　僕が彼とグルなら、どうして逃げ出して大鶴さんに電話をするんですか⁉」

三沢は、声を大にして訴えた。

心外だった。

褒められることはあれど、まさか裏切り者扱いされるとは思ってもみなかった。

「逃げ出したと、誰が証明するんだね？　君が、そう言っているだけかもしれないじゃないか？」

三沢は、口をあんぐりと開けたまま、言葉を発することができなかった。

役所は、本気で自分と沖江が仲間だと思い込んでいるのだ。

「ば、馬鹿な……。僕をさらったのは、あなた達なんですよ⁉　どうやって、潜入捜査を計画するんですか⁉」

「お前を暗殺者に仕立て上げようと言ったのは、あの公安野郎なんだよっ」

奥の部屋から、大鶴が現れて言った。

「なっ……」

最悪の偶然――三沢は絶句した。

たしかに、自分をターゲットに勧めたのが沖江となれば、最初から打ち合わせていたと思われてもしようがない。

「あなた達のほうこそ、おかしいと思わなかったんですか⁉　彼はいつ、どうやって、一政会の一員になったんですか⁉」

「公安がその気になれば、数年計画の潜伏は朝飯前だ」

そんなことは無実の証明にはならないとばかりに、役所がにべもなく言った。

「そんな……」

冤罪《えんざい》はこうして起こるのだと、三沢は体感した。

「どうやら、徹底的に惚けるつもりらしい。岩尾《いわお》。奥に連れて行きなさい」

役所に命じられた大男……岩尾が、三沢の腕を摑むと軽々とアルゼンチンバックブリーカーの体勢に担ぎ上げた。

廊下の突き当たりのドアが開くと、視界が回転した。

叫ぶ間もなく、床に叩きつけられた。衝撃も痛みもなかった。

放り出されたのは、床ではなくソファの上だった。

坊主女とメイ子が、鬼の形相で三沢を見下ろしていた。

「岩尾。このCIAさんに、面白いものをみせてやんな」

意味ありげに口角を吊り上げて命じる坊主女。

岩尾の常人の太腿ほどもありそうな腕が三沢の両腋《りょうわき》の下に差し込まれた——躰が宙に浮いたかと思うと、ソファに座る格好で下ろされた。

正面……約五メートル先の窓際の椅子に縛られ、口をガムテープで塞がれた女性をみて、三沢の心臓は止まりそうになった。

「まどか!」

叫び弾かれたように腰を上げかけた三沢の鎖骨が砕けるくらいの強力《ごうりき》で、岩尾が押さえつけた。

「どういうシナリオを描いたか、教えてもらおうか?」

まどかの背後から喉もとにナイフを突きつけた土方の低音が、三沢の下腹と心を震わせた。

19

土方の突きつけるナイフの切っ先が、まどかの白く柔らかい喉に食い込んでいるのをみて、三沢の内臓は瞬間冷凍されたように凍てついた。

「おい、やめろっ。まどかになにをする！」

立ち上がろうにも、岩尾の怪力に押さえつけられ、お尻に強力な接着剤を塗布《とふ》されたように躰が動かなかった。

「やめてほしければ、沖江と描いたシナリオを包み隠さずに話すんだね」

役所が、口調こそ柔らかいが怒りに燃え立つ瞳で三沢を睨《ね》めつけた。

役所だけではなく、坊主女、メイ子、土方、大鶴……どの顔もこの顔も、目尻が吊り上がり修羅や般若の如く険しかった。

沖江は、かなりの長い期間、一政会の構成員に成り済まし、役所や大鶴らとともに活動してきたに違いない。

小指の爪の先ほども疑ってなかったが故に……換言すれば信頼していた同志に裏切られたショックは計り知れず、怒り倍増というやつなのだろう。

しかし、しかしだ。

裏切り者の沖江が怒りを買うのならわかるが、自分は、その裏切り者から逃げ出して任務を遂行するために役所のもとへ戻ってきたのに、共犯者にされるなど納得いかなかった。

「何度言えばわかって貰えるんですか！　僕は、彼が沖江という名前だったことも知らなかったんですよ⁉　いくら僕を暗殺者に指名したのが沖江でも、それだけでグルだと決めつけるのは強引過ぎますよ！　第一、沖江がスパイで一政会の内部に潜り込んでいたわけですから、もうひとり別のスパイを引き入れる必要なんてないじゃないですか⁉　数が増えればそれだけ危険度も増えるんですよ⁉」

三沢は、通勤電車で痴漢犯に仕立て上げられそうになっているサラリーマンさながらに口角沫《あわ》を飛ばして訴えた。

「なにを白々しいことを」

役所が、鼻で笑った。

「なにが白々しいんですか！」

「いいか？　沖江の狙いは、私が企てる暗殺任務をギリギリの線で阻止し、犯罪が成立したところで黒幕を手繰《たぐ》り、一網打尽にする、というものだ。が、いくら犯罪を成立させるためとはいえ、ターゲットが殺されたらシャレにならない。ならば、ギリギリの線で確実に実行者を取り押さえるにはどうしたらいいか？　答えはひとつ。仲間を実行犯に仕立てる、ということだ。これなら、間違ってもターゲットを刺し殺すということはないからな」

「そ、そんな……」

三沢は、次の言葉が続かなかった。

たしかに、役所の話は辻褄《つじつま》が合っていた。

聞いているうちに、納得しそうになるほどの説得力があった。

だが、沖江と共犯でないということは、自分の心が一番よく知っている。

問題は、どういうふうに潔白を証明するか……だ。

三沢をみつめるまどかの瞳は恐怖に怯え、膝がガタガタと震えていた。

なんとしてでも濡れ衣を晴らさなければ、まどかの命が危ない。

「そうだ！　僕の勤務先に問い合わせてくださいっ。そうすれば、僕が出版社の編集者だということが証明できますから！　僕が沖江さんの仲間ならば、公安ということになりますよね？　だから、僕が単なるサラリーマンだと証明できたら、疑いも晴れるじゃないですか⁉」

我ながら、グッドアイディアだった。

暗殺任務を阻止するという難しい役どころを、サラリーマンにこなせるわけがないからだ。

「昔から、出版社はＣＩＡやＫＧＢと密接な繋がりがあるからな。疑わしさが増したってものだ」

土方が、吐き捨てるように言った。

「じゃあ、いったい、どうすればいいんですか⁉」

「本当のことを言わなければ……」

土方がニヤリと唇の端を吊り上げ、いきなり、まどかの乳房を鷲掴みにした。

まどかが、顔を歪め、激しく身を捩《よじ》った。

「な……なにをする！　その手を離せーっ！」

三沢は、声帯が潰れんばかりに絶叫した。

「真実を言えばすぐにやめてやるよ」

土方は、乳房を摑んだ手で円を描くように揉み始めた。

「やめろっ、やめないと、ぶっ殺すぞ！」

威勢よく声を荒らげたものの、岩尾に拘束されている三沢は、僅か一センチも腰を上げることができなかった。

「お前に、自分の置かれた状況ってものを教えてやらないといけないいな」

土方は言い終わらないうちに、まどかの口のガムテープを引き剝がし、胸を揉みしだきながら唇を奪った。

首筋にナイフを当てがわれているまどかは、逃げようにも逃げられず弱々しく足をバタつかせるだけだった。

「ちょわっち！　や、や、やめろ！」

内臓が、ガソリンをぶち撒けられ点火されたように熱く燃え盛った。

胸を揉まれることも堪え難かったが、キスをされるのはある意味もっとつらかった。

「あんたさ、婚約者があんなことされてもいいわけ？　沖江なんかに遠慮しないで言っちゃいなよ」

坊主女が、三沢を促した。

そんなこと言われずとも、自分が公安とグルならば、とっくにそうしている。

「あ〜あ。土方さんって、ああみえてキスの達人らしいわよ」

さりげないメイ子のひと言が、三沢の心にナイフのように突き刺さった。

土方は、相変わらずまどかの唇を貪っていた。

「やめてくれ……お願いだっ、やめろーっ！」

涙を流す三沢の叫びなど聞こえないとでもいうように、土方はまどかのブラウスのボタンを外し始めた。

「強情な奴だな、お前も。白状すれば、こんないやな思いをしなくて済むものを……」

大鶴が、呆れたようなため息を吐いた。

たとえ嘘でも白状すれば……。

「わかった！　言うっ、言うからやめてくれ！」

これ以上、目の前でまどかが凌辱されることに耐え切れず、あと先考えずに三沢は絶叫した。

まどかから唇を離した土方が、三沢を見据えた。

「僕は、沖江とグルでした……」

三沢は、唇を噛み締めつつ言った。

「やっぱり、そうだったか」

役所が、ゆっくりと三沢に歩み寄った。

「すみませんでし……」

「謝って済むと思ってんのかっ、この糞野郎が！」

頬に衝撃――怒声とともに、役所の拳が三沢の頬骨を抉った。

岩尾に躰を固定されているので衝撃の逃げ場がなく、頭蓋《ずがい》内で脳みそが揺れた。

いつも冷静な彼からは想像のつかない荒っぽい言葉……役所の変貌ぶりに、三沢は狼狽した。

「ぶっ殺すぞっ、こらっ、てめえ！　ああ！」

まるで、ラッシュをかけたボクサーのように役所の左右のパンチが三沢の顔面を乱打した。

「や、やめて……」

数限りないパンチの嵐に、三沢の意識は朦朧とした。

殺されるかもしれない。三沢は、死の恐怖に直面した。

役所が、こんなに凶暴な男とは思ってもみなかった。

「われのせいで、計画が潰れただろうがっ、うらっ、ボケが！」

目の前に迫る役所の額――眉間に走る激痛。躰が、宙に浮いた。

岩尾が、高々と三沢をリフトアップした。景色が流れた。宙に放り投げられた三沢は、背中から床に叩きつけられた。

背骨に電流が走り躰が痺れて動かなくなった三沢の視界が、暗く染まった。

☆　　☆

頭皮に激痛を感じ、三沢は眼を開けた。

役所が、三沢の髪の毛を鷲摑みにしていた。

「あんた、なにするんだ！」

三沢は役所を突き飛ばし、上体を起こした。

全身の筋肉が悲鳴を上げ、骨がバラバラになりそうだった。顔は火傷したように熱く、頬骨がズキズキと痛んだ。

いったい、どうしたというのだろうか？

大鶴に、胸倉を摑まれた。

「こらっ、ボスになにをする！」

「ボ、ボスだって⁉」

囚われの身の役所が大鶴のボス？　わけがわからなかった。

それに、なぜ、メイ子と坊主女が仲良く並んでいるのだ？

メイ子に役所とくれば……土方はどこにいる？

三沢は、室内に視線を巡らせた。

正面、約三メートル先に土方はいた……！

三沢は、絶句した。

土方の前の椅子に座っている女性は、まどかだった。

「まどか……まどかか⁉」

三沢の呼びかけに、まどかをはじめとする全員が、怪訝そうな顔をした。

「お前、なに言ってるんだ？」

大鶴が、首を捻りながら訊ねた。

「なにって？　まどかとは久し振りの対面なんだ。驚いてあたりまえじゃないか⁉　そんなことより……まどか!」

三沢は立ち上がり、まどかに駆け寄った……つもりだったが、一歩も前に進めず、足が宙に浮いた。

「わけがわからねえ奴だ!」

土方より大きな熊のような男が、三沢を投げ飛ばした。

仰向けに投げ出された三沢の全身に、罅が入ったような疼痛が走った。

「もしかして、若頭《かしら》に殴られたときに、記憶が飛んだんじゃありませんかね?」

大鶴が、役所に言った。

「だが、私らのことは覚えているじゃないか?」

「部分的な記憶、少なくとも、ここにきてからの記憶は飛んでいる可能性があります」

大鶴の言うとおり、ここはどこなのか、志賀雪子暗殺のためにデンジャラスなトレーニングを強いられていた自分が、なぜここにいるのかがわからなかった。

「じゃあ、どこの時点までの記憶があるかを確かめてみましょうよ」

メイ子が、役所に提案した。

「やってみなさい」

役所はメイ子に言うと、ソファに腰を下ろした。

「あなた、オースティンホテルで志賀雪子を暗殺しようとしたときに、公安の沖江に妨害されたことを覚えている？」

「僕が、志賀雪子を⁉　そんな馬鹿な！　公安の沖江ってやつも知らない」

メイ子の質問は、まったく覚えがなかった。自分が、志賀雪子を暗殺するために捕らわれたことは認識していた。

だが、まだトレーニング中であり、オースティンホテルで暗殺任務を実行するはずがない。

「なら、役所さんが組織のボスであり、私と土方さんが幹部であるということは？」

「役所さんが組織のボスで、あんたと土方さんが幹部⁉　僕を担いでいるのか？　あんたら三人は、大鶴さんに人質を取られて僕とトレーニングを受けている……」

「もういい」

役所が眉間に縦皺を刻んだ厳しい表情で三沢の言葉を遮った。

「これじゃあ、洗脳も解けているに違いない。みてみろ？　また、アホ面に戻っているだろう？」

「ちょっと、そんな言いかたはないじゃないか！　だいたい、皮肉と嫌みの間に生まれたようなあんたが、組織のボスだなんて信じられるわけが……」

躰が宙に浮いた。

また、あの大男に高々とリフトアップされていた。

「もう一度、強く頭を打てば記憶が戻るかもしれん。逆さに落としてみたまえ、岩尾」

役所が、淡々とした口調で岩尾に命じた。

「若頭《かしら》、でも、死んじまうかもしれませんよ。こいつが死んでしまったら、任務が続行できません」

土方の進言に、三沢は心でエールを送った。

身長は約二メートル……伸ばした腕の長さも含めると三メートル近い高さから逆さに落とされたなら、死んじまうかも、ではなく、間違いなく命はない。

「洗脳が解けてしまった以上、彼には生ゴミほどの価値もない。死んだら死んだで構わないさ」

そ、そんな、無茶な……。

冷酷無比な役所に抗議しようにも、恐怖で声帯が凍てついて声を発することができなかった。

「悪く思うなよ」

岩尾が三沢を脳天から叩きつけようとした瞬間……ドアが開き、スーツ姿の複数の男達が雪崩《なだ》れ込んできた。
一、二、三、四……五人。スーツ姿といっても、ヤクザのそれよりももっと堅い雰囲気だった。

が、彼らが公務員やサラリーマンでないことは、それぞれの手に握られている拳銃が語っていた。

「誰だ、てめえら！」

大鶴が血相を変えたが、あとの祭り——あっと言う間に、男達に取り囲まれた。

「公安だっ。そこに固まれ！」

五人の中のひとり……プチ七三分けの男が、拳銃を突きつけながら、大鶴、役所、メイ子、坊主女をソファに集めた。

公安、つまり警察。ということは、助かったのだ。

安堵しかけた気持ちが、すぐに硬直した。

よくよく考えてみると、自分は岩尾に担ぎ上げられ、まどかは土方にナイフを突きつけられているのだ。

ようするに人質だ。

公安があまり刺激するような行為に出ると、破れかぶれになったふたりが、自分とまどかになにをするかわかったものじゃない。

「どうして、ここが……？」

役所が、いままでみせたことのないような動揺した顔をプチ七三分けに向けた。

「三沢さん。スーツの右の襟の裏側をみてくれませんか？」

プチ七三分けの男に言われた三沢は、岩尾に担ぎ上げられたままの体勢でスーツの襟を探った。

襟の裏側には、腕時計の電池のような円形で薄い機械が取りつけられていた。

「それは、発信機です。沖江が、あなたの隙をみて取りつけていたんですよ」

「この、まぬけが！」

役所が、唇をわななかせて吐き捨てた。

「さあ、謎が解けたなら、おとなしく署に同行してもらおうか？」

「ざっけんじゃねえっ！　この男のドタマかち割ってやろうか？」

予想通り、岩尾が強気に出た。

「それとも、このお嬢さんの白い喉をかっ切るか？」

岩尾の言葉を受けた土方も、人質を盾に一歩も退かなかった。

鼓膜を弄する撃発音と同時に、三沢の視界が流れた。

岩尾の巨体が、伐採された大木のように傾き、三沢の躰の下敷きになる格好で仰向けに倒れた。

大鶴達の怒号とまどかの悲鳴——悶え苦しむトドさながらにのたうち回る岩尾の腹からは、夥《おびただ》しい量の鮮血が溢れ出していた。

「ちょ、ちょっと……なんてことをするんだ！」

助けて貰ったというのに、三沢は発砲したプチ七三分け頭の公安に食ってかかった。

怒り心頭の理由はふたつ。

ひとつは、もし手もとが狂って銃弾が自分に命中していたらどうしたのか、ということ。

そしてもうひとつは、驚いた土方がまどかの喉を切り裂いたらどうしたのか、ということだった。

俊敏に動いたふたりの公安が、岩尾の巨体を確保した。その間、残る三人はソファに固めた役所達に拳銃を向けて牽制していた。

「どうやら、この女が死んでもいいってことだな」

土方が、ナイフの刃先をまどかの心臓に向けて、ドスの利いた声で言った。

「形勢逆転だ。悪いことは言わん。彼は、やると言ったらやる男だ。おとなしく私達を解放したほうがいい。人質が死んだら、公安部の面目が丸潰れじゃないのかね？」

役所の表情には余裕が戻っていた。

「太一さんっ、助けて！」

まどかの絶叫に、身が引き千切られる思いだった。

「頼むから、拳銃を捨ててくれっ」

悲痛な声で、三沢は公安に訴えた。

土方は本気だ。これ以上刺激するのはまずい。

「それは、できない相談だな」

銀縁眼鏡の公安が、レンズ越しの瞳同様に冷たい声音で言った。

「人ひとりの命がかかってるんだぞ⁉　それともなにか？　警察は、善良な市民を見殺しにするというのか⁉」

銀縁眼鏡のにべもない返答に、三沢はつい声を荒らげた。

「ナイフを捨てなければ、強行突破をすることになる」

プチ七三分けが、三沢の訴えに真っ向から反論するような挑発的なセリフを土方に投げた。

「おい！　人の話を聞いてる……」

「邪魔するな！」

プチ七三分けの手から拳銃を奪い取ろうとした三沢だったが、逆にグリップで頬骨を殴られ尻餅をついた。

「あ、あんたらは、僕達を助けにきたんじゃないのか⁉」

三沢は頬を押さえ、公安五人衆を睨みつけた。

「助けにきてるから、邪魔をするなと言ってるんだ」

青髭の男が、抑揚のないイントネーションで三沢を窘めた。

「人質を危険な目にあわせているあんたらの、どこが助けにきてることになるんだ？」

「三沢の言うとおりだっ。あと三十秒数えるうちに拳銃を捨てなければ、マジに女を殺す。一、二、三、四、五……」

土方が、カウントを開始した。

「なあ、頼むから、彼らの言うことを聞いてくれっ」

半泣き顔で公安五人衆を見渡し、三沢は懇願した。

だが、ソファの上で大鶴達を牽制している青髭男をはじめとする三人も、土方に銃口を向けているプチ七三分けと銀縁眼鏡も、拳銃を持つ手を下ろす気配がなかった。

「十、十一、十二……」

土方のカウントが続く。

「太一さんっ！」

頬を涙に濡らすまどか。

「お願いだっ、拳銃を置いてくれ！」

三沢はプチ七三分けの足もとに土下座して、声を嗄《か》らして訴えた。

「マスコミに叩かれ、刑事部から笑われてもいいのか？」

三沢のあと押しをする役所。

馬耳東風——公安五人衆が拳銃を下ろす気配はなかった。

「二十三、二十四、二十五、二十六、二十七……」

「おい！　頼む！　おい！」

三沢はプチ七三分けの膝に縋りついた。

「二十八、二十九、三十……」

鼓膜を突き破るような撃発音。宙で弧を描くナイフ。肩を押さえて倒れる土方を、プチ七三分けと銀縁眼鏡がダッシュして取り押さえると手錠をかけた。

それが合図のように、役所、大鶴、メイ子、坊主女の手にも次々と手錠がかけられる。

「まどかっ」

三沢は、まどかのもとに駆け寄った。

いま、まさに最愛の女性を抱き締めようとした瞬間……三沢の前に割り込んだプチ七三分けがまどかを拘束していたロープを解くと、細く白い手首に手錠を叩き込んだ。

「まどかになにをするんだ！」

血相を変え、三沢はプチ七三分けに抗議した。

「この女は、まどかなんていう名前じゃない。役所初美《はつみ》。一政会若頭の役所の娘だ」

「ぬわっ……や、役所さんの娘⁉」

三沢は大口を開け、固まった。

「そうだ。一政会内では、会長の志賀と若頭の役所の間で激しい派閥争いが繰り広げられていた。役所は、組織内での力を強固なものにするために、関西最大の広域組織である龍神会の会長、樋渡甚平の息子に初美を引き合わせた。ふたりはすぐに意気投合し、結婚を前提にした交際が始まった。ところが、巻き返しを計った志賀が、娘の志賀雪子を樋渡の息子に近づけた。カリスマモデルの雪子をみて、樋渡が心変わりをするのに時間はかからなかった。そう、樋渡の息子は初美を捨てて雪子と婚約したんだ」

「ま、まどかが……初美？　龍神会の息子と婚約……？」

ショートする思考回路――話の筋がみえなかった……というよりも、理解できなかった。まどかは、自分の婚約者だ。それに、志賀雪子抹殺を目論む一政会が自分を暗殺者に仕立て上げるために人質にした、言わば被害者だ。

「樋渡と志賀が親戚関係になれば、当然、盃《さかずき》が交わされ両組織は兄弟関係になる。そうなれば組織人事が一新され、対立派閥だった役所派が冷や飯を食わされるのは火をみるより明らかだった。役所としては、どうしてもふたりの婚約話を潰し、初美と縒を戻させる必要があった。そこで考えたのが、志賀雪子の暗殺だ。だが、組長の娘を殺すのに、組員を使うわけにはいかない。そんなことをしたらすぐに足がつき、黒幕が役所であることがバレてしまうからな。役所は、雪子を殺す暗殺者要員《カモ》を探すために初美を結婚相談所に入会させた。まずは、初美とカモを婚約させる。そして、カモを拉致し、婚約者を監禁していることを告げ、助けたかったら指示に従うように強要する。これが、役所が描いた『志賀雪子暗殺プログラム』のシナリオだ。結婚相談所が主催する三ヵ月前の伊豆のクルーザーパーティーで、なにも知らないあんたは網にかかったってわけだ。しかし、その裏には我々公安がいたのだ。我々がひそかに目をつけていたあんたを結婚相談所に入会するよう巧みに誘導し、あのパーティーに出席させ、潜入捜査中の沖江が、大鶴にカモにはあんたがいいのではと吹き込んだ。結果的にうまくいったわけだ。ありがとうよ」

「そ、そんな……じゃあ、そのときから、まどかは計画的に僕に近づいてきたっていうのか⁉ そんなの、絶対に、絶対に信じないぞ！」

足が震えた。声が震えた。心が震えた——三沢は、これが現実であるということをどうしても受け入れられなかった。

「嘘だと思うなら、本人に聞いてみろ」

プチ七三分けが、憎らしいほどの自信で三沢を促した。

不貞腐《ふてくさ》れたように横を向くまどかの姿をみて、いやな予感が増殖した。

三沢の知っているまどかは、こんな態度をする女性ではなかった。

「まどか……嘘だろう？ あのクルーザーパーティーで僕をみつめた瞳が、僕に一目惚れをしたという言葉が、芝居だったと言うのかい？ なあ、まどか、嘘だと……」

「グダグダグダグダうるっさいのよ！ そんなの、芝居に決まってるじゃない！ 光一さんと縒を戻すために、あんたに近づいただけよ！ そうじゃなきゃ、あんたみたいな顔も頭も稼ぎも悪いダメ男と、つき合うわけないって！ ばっかみたい！」

まどか、いや、初美の顔と声が、視界と鼓膜からフェードアウトしてゆく……。
凍てつき、立ち尽くすだけしかできない三沢は願った。
できるものなら、このまま銅像になってしまいたいと……。

終章

並木に装飾されたイルミネーション、ショップの窓にスプレーで描かれた橇《そり》を引くトナカイ……すっかりクリスマスムードに彩られた街の雰囲気が、三沢の孤独感に拍車をかけた。

銀座中央通り沿いのジュエリーショップのショーウインドウに飾られた指輪やペンダントを、三沢は虚ろな眼でみつめていた。

十一月一日——いまから約一ヵ月前、まどかの二十五回目の誕生日のプレゼントを買った帰りに、悲劇は始まった。

いや、悲劇は、まどかと出会った四ヵ月前から始まっていたのだ。

いま頃、本当はまどかとクリスマス気分を味わいながら、洒落たフランス料理店でワイングラスを傾けているはずだった。

あの事件後、三沢は曙出版に辞表を提出した。いまは、僅かばかりの貯金とアルバイトで食い繋ぐ日々だった。

三沢が会社を辞めたのには、理由があった。

今回、自分に降り懸かった悪夢をノンフィクション仕立ての小説にしようと思ったのだ。三沢のもとには、新聞やテレビの報道で事件を知った複数の出版社から既にオファーがきていた。

振り返るにはつら過ぎる出来事だが、執筆作業に打ち込むことで少しでも気を紛らわしたかった……なにかに集中していなければ、ノイローゼになりそうだった。

三沢はショーウインドウから離れ、地下鉄の出入り口に向かって足を踏み出した。

悪夢とまどかへの未練はここまで——今日からは、新しい人生を歩むつもりだった。

三沢の肩を誰かが叩いた。

振り返ると、カシミアのコートを着た老紳士が柔和な笑顔で立っていた。

「お金、落とされましたよ」

老紳士が指差す先……白いバンの前輪の近くにくしゃくしゃの一万円札が落ちていた。

このシチュエーションが、三沢の脳裏に恐怖心《トラウマ》を呼び起こした。

「もう……勘弁してくれーっ！」

三沢は叫び、驚愕顔の老紳士を置き去りに全力疾走した。

走りながら、上着のポケットをまさぐった。

そこにあるはずの、貯金を切り崩した最後の一万円札がなかった……。

「僕の金じゃないか！」

慌てて、三沢はさっきの場所に引き返した。

老紳士の姿は、なけなしの一万円札とともに消えていた。

アルバイトの給料日は一週間後。三沢の全財産は、ポケットでじゃらつく五百二十円だけだ。

「なんて、ついてないんだ……」

三沢は、力なくその場に跪《ひざまず》き天を仰いだ。

空は、呪わしいほどに青く澄み渡っていた。

不意に、三沢の脳裏に執筆中の本のタイトルが浮かんだ。

『日本一不運な男』

三沢は長いため息を吐き、ガックリとうなだれた。

DTP　柳田麻里

本書は二〇〇七年五月に刊行された『日本一不運な男』（中央公論新社）を改題したものです。

中公文庫

ミッション

2010年4月25日　初版発行

著　者　新《しん》堂《どう》　冬《ふゆ》樹《き》

発行者　浅海　保

発行所　中央公論新社

〒104-8320　東京都中央区京橋2-8-7
電話　販売 03-3563-1431　編集 03-3563-3692
URL http://www.chuko.co.jp/

印　刷　三晃印刷

製　本　小泉製本

Published by CHUOKORON-SHINSHA, INC.
Printed in Japan　ISBN978-4-12-205257-4 C1193

定価はカバーに表示してあります。
落丁本・乱丁本はお手数ですが小社販売部宛お送り下さい。
送料小社負担にてお取り替えいたします。

中公文庫既刊より

各書目の下段の数字はISBNコードです。978－4－12が省略してあります。

か-74-1 **ゆりかごで眠れ（上）** 垣根涼介

南米コロンビアから来た男、リキ・コバヤシ——マフィアのボス。目的は日本警察に囚われた仲間の奪還と復讐。そして、少女の未来のため。待望の文庫化。

205130-0

か-74-2 **ゆりかごで眠れ（下）** 垣根涼介

安らぎを夢見つつも、憎しみと悲しみの中でもがき彷徨う男女。血と喧噪の旅路の果てに彼らを待つものは、一体何なのか？ 人の心の在処を描く傑作巨篇。

205131-7

こ-40-1 **触発** 今野敏

朝八時、地下鉄霞ヶ関駅で爆弾テロが発生、死傷者三百名を超える大惨事となった。内閣危機管理対策室は、捜査本部に一人の男を送り込んだ。

203810-3

こ-40-2 **アキハバラ** 今野敏

秋葉原の街を舞台に、パソコンマニア、警視庁、マフィア、そして中近東のスパイまでが入り乱れる、ノンストップ・アクション＆パニック小説の傑作！

204326-8

こ-40-3 **パラレル** 今野敏

首都圏内で非行少年が次々に殺された。いずれの犯行も瞬時に行われ、被害者は三人組で、外傷は全く見られない。一体誰が何のために？〈解説〉関口苑生

204686-3

は-61-1 **ブルー・ローズ（上）** 馳星周

青い薔薇——それはありえない真実。優雅なセレブたちの秘密に踏み込んだ元刑事の徳永。身も心も苛む、背徳の官能の果てに見えたものとは？ 新たなる馳ノワール誕生！

205206-2

は-61-2 **ブルー・ローズ（下）** 馳星周

すべての代償は、死で贖え！ 秘密SMクラブ、公安警察との暗闘、葬り去られる殺人……。理不尽な現実に、警察組織に絶望した男の復讐が始まる。

205207-9